ブックデザイン・Siun
編集協力・高木直子、井下恵理子
DTP・四国写研

＊本書に収録しております
「オトナバー」は、
「第15回坊っちゃん文学賞
（ショートショート部門）」の
大賞受賞作品です。

目次

contents

バス停

その山あいの小さな村には、古い日本家屋《かおく》が点在《てんざい》している。「古民家《こみんか》」とは、とても呼《よ》べないそれらのあばら屋《や》に、家とともに朽《く》ち果《は》てていくことを受け入れているかのような年寄《としよ》りたちがひっそりと暮《く》らしている。どうせだったら、もっと一箇所《いっかしょ》にかたまって暮らしたらいいのにと、外から来た人間は思うだろう。でも、どの家の年寄りも、家を建てた当時は若く、他人にプライベートを邪魔《じゃま》されたくなかったのだ。

村からは1日1往復だけ、ふもとの町行きの路線バスが出ている。村人たちは、日用品を買いに商店に行くにも、医者や床屋《とこや》に行くにも、必ずこの路線バスを使う。

だから、バス会社に入社してまだ半年の新人運転手の幸太《こうた》でさえ、すでに村人たち全員の名前と顔を知っている。

今日は火曜日。龍ヶ崎停留所《りゅうがさきていりゅうじょ》から弥生《やよい》ばあさんが乗ってくる日だ。幸太は朝からちょっと気が重い。また今日も、あの息のつまるような時間を過ごすのか……。

弥生ばあさんは、龍ヶ崎停留所からふもとの町までの約30分、一言も声を発しない。運転手になったばかりの頃《ころ》に何度か、ばあさんに、「おはようございます」と声をかけてみたことがある。ところがばあさんは、返事をするどころか、ものすごい形相《ぎょうそう》で幸太をにらむだけ。

――触《さわ》らぬ神にたたりなし。

以来、幸太は、ばあさんのほうを見ることもせず、停留所でドアを開けるだけに徹《てっ》している。

弥生ばあさんの指定席は、運転席のすぐ後ろ。幸太が少しでもスピードを出しすぎたり、急ブレーキを踏《ふ》んだりすると、ミラーのなかのばあさんの顔が、鬼《おに》のような形相に変わる。今にも後ろから頭を叩《たた》かれそうで、まるで運転教務官か、はたまたバスジャック犯を乗せて走っているみたいな気持ちになる。

長年、村の人たちを乗せてきた先輩《せんぱい》たちのなかにも、弥生ばあさんの声を聞いたり、笑顔を見たりしたことのある者はいなかった。

龍ヶ崎停留所にバスを停めると、いつも通り、小さくしぼんだリュックを背負《せお》った、手ぶらの弥生ばあさんが乗ってくる。幸太は無言でバスを発車させる。夕方、ふもとの町でばあさんを乗せる時には、そのリュックはパンパンにふくらみ、両手も荷物でふさがっている。

幸太がばあさんを好きになれないのには、もう一つ理由があった。それは、弥生ばあさんに関する一つの噂《うわさ》である。

ばあさんが、毎日10センチくらいずつ、自分の家の方向へバス停をずらしているというのだ。歴代の先輩運転手たちは、代《か》わり映《ば》えのしない山の景色《けしき》のなかのほんのわずかな移動に気づかないか、気づいたとしても、龍ヶ崎停留所を利用するのは弥生ばあさんだけなんだからと、大目に見たりしてきた。

しかし入社してまもなくその噂を耳にした幸太は、そんなことは俺《おれ》が許さないと、若い正義感を燃やした。いくら年寄りだからといって、そんな好き勝手を許してはいけない。ルールはルールだ。

幸太はすでに証拠《しょうこ》をつかんでいる。ここ数ヵ月、弥生ばあさんが乗車する火曜日以外で、しかも他に乗客が乗っていないときには、いったん無人の龍ヶ崎停留所にバスを停《と》め、バス停の位置をメジャーで測って記録しているのだ。噂どおり、バス停は1日あたり約10センチ、弥生ばあさんの家の方向へ動いていた。合計10メートルも動いたら、本社に報告書を出そうと幸太は考えている。

ところがある水曜日、龍ヶ崎停留所で計測を終えた幸太は、思わず首をかしげた。

「1メートル？」

もう一度、バス停の位置を測り直してみるが、やはり1メートルだ。

翌日の木曜日、計測を終えた幸太はさらに首をかしげる。

「また1メートル？」

そしてそのまた翌日の金曜日は、

「さ、3メートル？？？」

やはり移動距離《いどうきょり》が大きくなっている。

「ばあさん、気づかれていないと思って、調子に乗ってるんじゃないだろうか？」

翌週も、移動距離は飛躍的《ひやくてき》に伸《の》びた。もう、弥生ばあさんの家の前まで到達《とうたつ》している。それどころか、勢いあまって、バス停がばあさんの家を通り過ぎているようにも見える。

これは、問題にせざるを得ない。そう決意した次の火曜日、弥生ばあさんはバス停に立たなかった。バス停は、ばあさん自身に元の位置に戻《もど》させるつもりで、移動したままだ。しかし、弥生ばあさんはその翌週の火曜もバス停に立たなかった。バス停の移動もぴたりと止まった。

——弥生ばあさんが死んだらしい。

ふもとの町でそう聞いた。遠くの親戚《しんせき》という人々が車でやって来て、さっとばあさんの家を片《かた》づけ、去って行ったということだった。そうか、ばあさん、死んじまったか。


次の火曜日——。

誰もいないであろう龍ヶ崎停留所を通り過ぎようとして、幸太はあわててブレーキを踏《ふ》んだ。停留所に、弥生ばあさんよりもずっと年上に見える、杖《つえ》をついたおじいさんが立っていたのだ。このあたりでは見たこともないおじいさんだ。幸太はドアを開け、思わず尋《たず》ねる。

「おじいさん、どこからいらしたんですか？」

おじいさんは答えた。ずっとここに住んでいたよ。何十年か前に足を悪くしてしまったから、買い物はいつも弥生ばあさんがしてくれてたんだ。でも、ばあさんがいなくなってしまったもんだから、これからは自分で買い出しに行かなきゃならん。まったく困《こま》ったもんだよ。よろしく頼《たの》む。

そう言って、ゆっくりとゆっくりと座席《ざせき》に腰《こし》をかけた。

その日の夕方。幸太はふもとの町の停留所で、パンパンのリュックを背負い、両手いっぱいの荷物を抱えたおじいさんを乗せた。

「大丈夫《だいじょうぶ》でしたか？　買いたいものは、全部買えましたか？」

「あぁ」

おじいさんは答えて、懐《ふところ》からヨレヨレのメモ用紙を大事そうに取り出して、幸太に見せた。

それは、「ティッシュペーパー１箱」などと書かれた、手書きの買い物リストだ。

「弥生ばあさんが、ワシに渡《わた》すようにって書いたんじゃって、親戚だとかいう連中が届《とど》けてくれたよ。弥生ばあさん、医者に宣告《せんこく》されて、自分が死ぬことがわかってたんだそうじゃ。でも、病院じゃなく、自分の家で死ぬことを選んだらしい。やり残したことでもあったのかのぉ。あのばあさん、若い時に声帯《せいたい》を手術しとってね。声が出せないもんだから、何を考えてるのかよくわからんという人も多かった。でも、ワシにとって、弥生ばあさんは恩人《おんじん》じゃよ」

幸太はなんとも言えない気持ちのまま、バスを発車させる。運転席のミラー越《ご》しにそっと後ろを見てみると、弥生ばあさんの指定席に座ったおじいさんが、メモ用紙をじっと見つめていた。下を向いている。泣いているのかもしれなかった。

龍ヶ崎停留所で、おじいさんを降《お》ろした。バス停のすぐ横にまっすぐに伸びた細い道に、おじいさんの後ろ姿がゆっくりと消えていった。夕闇《ゆうやみ》のなかで目を凝《こ》らすと、細い道を10メートルほど入ったところに、幸太も気づかなかった小さな家があった。

そうか。幸太は思った。移動した龍ヶ崎停留所は、弥生ばあさんの家の前にあるんじゃなかった。弥生ばあさんの家より、さらに奥《おく》にある、足の悪いおじいさんの家の前に立っていたのだ。

（作　ハルノユウキ）

一日だけの日記

今日からわたしも、日記を書き始めようと思う。

妹は、また母さんとケンカした。母さんは目を真《ま》っ赤《か》にはらして泣いていた。母さんの服からは、いつもかすかにカビの臭《にお》いがする。わたしの服も同じだ。この部屋の中では、衣類が干《ほ》せるスペースは限られているから仕方ないけれど、カビの臭いは悲しみを深くする。わたしは、ただ母さんを強く抱《だ》きしめてあげることしかできなかった。

妹は、もともと父さんっ子だった。父さんは生意気《なまいき》な妹をほめてばかり。いつだったか、妹が言った。

「あたし、大きくなってこの家を出たら、小説を書くの。本格的な大長編小説よ。ここの暮《く》らしは窮屈《きゅうくつ》だけど、小説を書くための取材をしていると思えば、我慢《がまん》できるわ」

そんな言葉を聞いて、父さんは上機嫌《じょうきげん》だった。

「そうだね。おまえはきっと、すばらしい作家になれるよ」

でも、わたしは、妹が作家になるのは反対だ。きっとその小説の中には、母さんやわたしをモデルにした人物が出てくるだろうから。腹立《はらだ》たしい、嫌《いや》な人物として。

妹は同居人たちと何やら談笑《だんしょう》すると、さっさと寝《ね》てしまった。わたしは両親とおしゃべりし、この事態が早く終わることを祈《いの》ってからベッドに入った。

このあいだ、夜中に泥棒《どろぼう》が入った。それ以来、わたしたちは、寝ている間も物音ひとつたてないように気をつけている。ベッドの中でじっと動かずにいることが、何よりの安全策《あんぜんさく》だ。静かで苦しい眠《ねむ》り。わたしは、眠れずに起きだして、今こうして日記を書いている。

気がつけば、もう朝。屋根に集まる小鳥の声と西教会の鐘《かね》の音が、静けさを破る。壁《かべ》のすきまからそっと町を見る。外を眺《なが》めるのが許されるのは、こんな朝だけだ。わたしは、町の静かなたたずまいを思う存分《ぞんぶん》に味わう。わたしだけの朝。わたしの日記には、わたしだけが知っている町の表情も書いておきたい。

ふと妹の机《つくえ》を見る。書きかけのまま伏《ふ》せてある日記。きっと母さんの悪口、わたしへの批《ひ》判《はん》、そんなことばかりが書いてあるのだろう。

こんな日記、破ってしまおう。その代わりにわたしが日記を書くんだ。冷静な目でものごとを見つめて、書いていくんだ。

「姉さん、どうしたの？」

妹が目を覚ました。

「まだ早いわよ。もうちょっと寝たら」

「あたし、いつか絶対に作家になるわ。それで、あたしの小説『隠《かく》れ家《が》』がベストセラーになったら、家族みんなでのびのびと暮《く》らせる、大きな家を建《た》てるの。姉さん、楽しみにしていてね……」

そう言いながら妹はまた眠ってしまった。唇《くちびる》の端《はし》がちょっと上がっていて、眠りながら笑っているように見える。

わたしは妹の日記を開いてみた。そこには、家族への批判も書いてあった。でも、それより、こんな窮屈《きゅうくつ》な生活に負けず、たくましく生《い》き抜《ぬ》こうという気持ちがきちんと書かれていた。腹の立つことは多いけど、やはり大切なわたしの妹だ。

部屋に戻《もど》って、わたしは自分の日記を書いている。わたしには作家になるという願望《がんぼう》はない。

妹のように、自分の思いをきちんと表現する自信もない。わたしは妹がうらやましい。

これはわたしの日記。でも、たった一日だけの日記だ。書き始めたばかりだけど、今日で終わりにする。

わたしはマルゴット・フランク。もしかしたら、妹のアンネは、本当に作家になるかもしれない。そうしたら、妹がつけている日記も出版されるかもしれない。タイトルは――『アンネの日記』になるだろうか。いつか、わたしも、『アンネの日記』の登場人物の一人として、知られるようになるのかもしれない。

この戦争は、いつ終わるのだろう。大きな窓《まど》から、いつでも町を見ることができる日が、早く来てほしい。


（作　千葉聡）

オトナバー

そのバーに初めて入った時のことは覚えていない。場所もはっきりとは分からない。でも隆《たか》史《し》が「バーに行きたい」と念じて歩いていると、ひょいと見つかるのだ。入り口に看《かん》板《ばん》はなく、木製の、ところどころはげている扉《とびら》があるだけ。その古めかしさが何とも味わい深く、趣《おもむき》を感じる。扉を開けると、もうひとつ扉があり、そこには注意書きが書かれている。

その一、バーの中では紳《しん》士《し》的《てき》に。
その二、年《ねん》齢《れい》制《せい》限《げん》はありません。
その三、代金はお気持ちで結《けっ》構《こう》です。

変わったバーだ。特に、最後の「代金はお気持ちで結構です」とは、かなり珍《めずら》しい。だから、隆史はいつも気持ちとして、500円をマスターに渡《わた》している。少ないかなと思ったが、「またお越《こ》しください」とマスターは優《やさ》しく微笑《ほほえ》んでくれる。その笑顔に甘《あま》えて、隆史はちょくちょくこのバーに顔を出す。マスターに愚痴《ぐち》を聞いてもらうのが、隆史にとっては、何よりも心の支えになっているのだ。

それにバーというのは、大人になった気分にさせてくれる。少し背伸《せの》びをし、緊張《きんちょう》して店に入る。店内の香り、落とした照明、BGMのジャズ、ピンと張りつめた空気込《こ》みで雰囲気《ふんいき》を楽しむ。それがバーの醍醐味《だいごみ》なんだろう。

この日は、先客が2人いた。気の弱そうな中年男と美しく着飾《きかざ》った女だ。

「やあ」

隆史はマスターに会釈《えしゃく》をしてカウンターのいつもの席に腰《こし》をおろす。そして、「いつもの」と、クールに注文した。マスターは「かしこまりました」とうなずいた。

「マスター聞いてよ。前に話した鈴木君がさぁ、こっちから視線《しせん》を投げかけたりして気を引こうとしているのに、何のアクションも起こしてくれないの。もう待ちくたびれたわ」

着飾《きかざ》った女がマスターに恋愛《れんあい》相談をしている。ここでは客の話を聞いているだけでも楽しい。

「もう、こっちから告白しようかな」

女はグラスの氷を見つめながら、ため息をついた。

「そうですね。待っているのはおつらいでしょう。でしたら、それもよいのかもしれませんね」

「マスターもそう思う?」

女はグラスに口をつけた後、いたずらっぽい笑《え》みを浮《う》かべた。

「ところでマスターはどうなの?　女性に積極的にいけるほう?」

マスターは女の問いに苦笑《にがわら》いを浮《う》かべた。

「そうですね。私がお客さんくらいの年齢の時は、それはもう奥手《おくて》で、好きな女性に声をかけるなんて、まったくできませんでしたよ。その鈴木さんは、もしかしたら……」

「もしかしたら?」

女は首をかしげた。

「若い時の私のようなタイプかもしれません。奥手なんじゃないですか?」

「じゃあ、あきらめないほうがいいかなぁ」

女の口元がほころび、同意を求めるようにマスターを見つめると、マスターは「はい」と優しい笑顔を向けた。

すると、女は勢いよく立ち上がり、「マスター、帰るね」と言って、さっそうと店を後にした。

その時、女のなびいた長い黒髪《くろかみ》から甘《あま》くいい香りがした。


「すみません。お待たせしました。どうぞ」

隆史の前にオレンジの飲み物を置くと、マスターは頭を下げた。隆史は華奢《きゃしゃ》で細長いグラスに口をつけた。濃《こ》いオレンジが苦い。

でも、それがクセになる味だ。

「マスター。前、どこまで話しましたっけ？」

気の弱そうな中年男がマスターに話しかけた。

「たしか、組織の大役《たいやく》を引き受けて、これからが不安だと。期待に応《こた》えられるか不安だと」

「実は、不安が的中しました」

中年男はグラスの氷を転がしながら言った。

「やっぱり自分は、人の上に立つ器《うつわ》ではなかったのかもしれない」

中年男性はうつむいた。するとマスターが手を止めた。

「器ですか」

マスターはポツリと言った。そして1枚のスープ皿《ざら》を取り出し、カウンターに置いた。

「ちなみに、この器は落としたら割《わ》れますし、沢山《たくさん》のお水を注げばあふれます」

――どうしてそんな当たり前のことを言うのだろう。隆史はカウンターに置かれた皿を見た。

中年男もきょとんとした顔をしている。構わずマスターは話を続けた。

「大役を任されたということは、期待されたということですよね？　今は、その期待とか重圧が重くて、つらいんですよね？　たとえ、どんなに大きな会社の社長さんであっても、最初から社長の器である人なんていないんですよ。それが期待されて、重圧に耐《た》えているうちに社長の器ができ上がるんです」

マスターの言葉に、中年男は何か思いつめたように遠くを見た。そして――

「つまり、僕も頑張《がんば》って耐《た》えれば、大きな器ができ上がるということですか？」

マスターはこくりとうなずいた。すると、中年男は、力強く「よし、頑張るか」と口にしながら、首を縦《たて》に振《ふ》った。中年男の目に力がわいてきたような気がした。

「でもね、もし、それでもダメだって思ったら、逃《に》げたっていいと思いますよ」

マスターは、包《つつ》み込《こ》むような笑顔を浮かべた。

「ありがとうございます。頑張るって言った後にこんなこと言ったら変なんですが、おかげで気が楽になりました」

気の弱そうな中年男は、もう気の弱そうな男ではなくなっていた。中年男は立ち上がって代金を払《はら》い、「ごちそうさまでした」と言うとカウンターに背《せ》を向けた。

「どうもありがとうございました」

マスターはカウンターから出て、中年男の背中が見えなくなるまで深々と頭を下げた。


バタンと扉が閉《し》まる音がした。マスターはカウンターに戻《もど》り、中年男のグラスを下げ、テーブルをふいた。店内は隆史とマスターの2人きりになった。

隆史はマスターの言葉が気になった。今まで何回かこの店に来たが、「ありがとうございました」とは言われたことがない。そんなことを考えていると、それが伝わったのか、マスターが口を開いた。

「あの方は、もういらっしゃらないですよ」

「えっ？」

「もう迷《まよ》いが消えていましたから。もうこのバーに来る必要がないんですよ」

たしかに隆史の目から見ても、店を出る時、中年男の顔はあきらかに別人のようだった。

「でも、マスター、寂《さび》しいね」

「さぁ」

マスターはごまかすように言い、磨《みが》いたグラスを棚《たな》にしまった。あの中年男は、自分なりの答えを見つけたんだな。隆史はそう思った。

「お飲み物はいかがですか？」

空《から》になったグラスを見て、マスターが尋《たず》ねた。

「同じものを」

「かしこまりました」

マスターはグラスに大きな氷の塊《かたまり》を入れ、慣《な》れた手つきで生のオレンジを絞《しぼ》っている。

「ねぇ、マスター」

「はい」

マスターは手を動かしたまま返事をした。

「もうそろそろ、ヤバそうなんだ」

マスターは、「そうですか」と返事をした。そして「はい。どうぞ」と言い、隆史の前にグラスを置いた。目の前に置かれたグラスを隆史は手に取った。でも口をつけない。

「母さんが、もしかしたら死ぬかもしれないんだ。オレは、心配で心配で、勉強にも身が入らないし、友人と遊ぶ気にもならないんだ」

一瞬《いっしゅん》、間《ま》が開《あ》いたが、「そうですか」とマスターが表情を変えずに言った。

「母さんに万が一のことがあったら、耐《た》えられるかどうか……」

マスターの口元を見ると、今度は「そうですか」とすら言わない。

「大人になりたいんだ。マスター、どうすれば大人になれる?」

この言葉にマスターが首をひねった。

「どうして大人になりたいんですか?」

「どうしてって……」

隆史は言葉につまりながらも、自分の思っていることを話した。

「だって、大人になれば悲しくないんでしょ？　悲しいことにも耐《た》えられるんでしょ？　オレがこんなに悲しいのも、まだ子どもだからでしょ？　だって、父さんは、母さんが病気で大変なのに、何事もない顔して会社に行っているよ。母さんは『父さんは、忙《いそが》しいから』って言ってるけど、母さんより大事な仕事なんてあるの⁉」

マスターは返事をしない。店内にはジャズが響《ひび》き渡《わた》る。この泣いているようなトランペットの音は、どこかで聞いた覚えがある。ジャズ好きな父さんが聞いていたのかもしれない。

「さっきのお客様をご覧になりましたよね？」

「重圧で悩《なや》んでいるおじさん？」

「そうです。それからその前にいたお嬢《じょう》さん」

隆史はあのきれいな女を思い出した。

「それがどうしたの？」

「あのお2人も、あなたと同じ小学生ですよ」

「えっ？　そんなわけないよ。だっておじさんときれいな大人の女の人だったよ」

隆史が目を丸くしていると、マスターは手鏡《てかがみ》を渡《わた》す。手鏡を手に取り、のぞき込んだ隆史は驚《おどろ》いた。そこにはいつもの自分ではなく、大人の顔をした自分がいたからだ。そして掌《てのひら》を見た。それは思ったよりも大きくて、シワが深く刻《きざ》まれた大人の手だった。

「バーは、人を大人にするんです。だからここでは姿《すがた》が変わるんです。でもね……」

「でも、なんですか？」

隆史が尋《たず》ねると、マスターはまた微笑《ほほえ》んだ。

「小学生も大人も、悩みなんて、一緒《いっしょ》なんですよ。あの男性は、小学校の児童会長になったんです。本人はあまり乗り気ではなかったようですが、推薦《すいせん》されて、しかたなしだったみたいです。その重役を果たせるかどうか自信がなかったんですね。また、その前にいた女性は恋の悩み。これは子どもも、何ならお年寄りも同じなんです。恋の悩みって、何歳でも同じなんです。不安なんです。怖《こわ》いんです」

そういうものなのか。恋についてはまだ分からないな。隆史はそのまま耳を傾《かたむ》けた。

「大人だって不安なんです。悲しい時は悲しいんです。でもね、どう過ごすかなんです。あなたのお父様も不安なんです。悲しいんです。あなたと一緒です」

「父さんも一緒？」

「そうです。お父様も、泣きたいんです。それなのに、なぜ、お父様が悲しみを我慢《がまん》しているかわかりますか？　それは、あなたがいるからです。あなたの前では泣いてはいけないと思って、必死に涙《なみだ》をこらえているんじゃないですか？」

隆史は言葉を失った。そしてここ最近の自分の無気力さを思い出して情《なさ》けなくなった。自分は、母さんのことを言《い》い訳《わけ》にしていた。そんな自分の姿《すがた》を、母さんが喜ぶはずもないのに。

「マスター、帰ります」

隆史はいてもたってもいられなくなり立ち上がった。そして握《にぎ》りしめていた５００円玉をカウンターに置いた。

「また来ますね」

隆史が頭を下げると、マスターは渋《しぶ》い顔をしただけで無言だった。

隆史が不思議《ふしぎ》そうな顔でいると、マスターがカウンターから出てきた。

「どうもありがとうございました」

深々《ふかぶか》と頭を下げるマスターに隆史は背を向けた。ドアノブに手を触《ふ》れた時、振《ふ》り向《む》こうかと思ったけれど、名残惜《なごりお》しくなりそうだからそれはやめた。

もう自分には、このバーを見つけることはできないのだろう。

バーから出ると外は夕暮《ゆうぐ》れ時だった。

バーで見た大人の自分を思い出し、隆史は掌《てのひら》を見た。いつも通りの小さな掌が少しだけ大きく感じた。

（作　塚田浩司）

ママのワンピース

大学生になってはじめてできたボーイフレンドが、ピアノが好きなわたしのために、世界的に有名なピアニストのコンサートチケットをとってくれた。どうやってとったのか、どれだけ頑張《がんば》ってとったのか、最前列の真ん中の席だという。

何を着て行こう？　前日になって、はたと困《こま》った。大学生のわたしは、ふだんはジーンズばかり。それが定番になってしまって、スカートをはくこと自体が少し照《て》れくさい。でも、さすがに明日はスカートよね。かなりフォーマルな服装《ふくそう》でいかないと、苦労してチケットを手に入れてくれたボーイフレンドにも、目の前で演奏《えんそう》する巨匠《きょしょう》にも、きっと失礼だろう。

「そうだ、あのワンピース！」

わたしは2階のママのクローゼットに向かった。

去年まで外資系《がいしけい》銀行のキャリアウーマンだったママのウォーキング・クローゼットには、機能的でスタイリッシュなスーツやシャツが整然と並《なら》んでいる。色やデザインは少し地味《じみ》だがフォルムが美しい、ママらしいクールで洗練《せんれん》されたラインナップだ。

クローゼットの一番奥《おく》に、そのワンピースはかかっている。わたしが子どもの頃からずっと、ビニールのカバーをかけられて、その定位置にある。ちょっとママらしくない、ハイカラーと繊細《せんさい》な刺繍《ししゅう》が特徴的《とくちょうてき》なグリーンのチャイナドレス風ワンピース。

高校生の頃《ころ》、襟元《えりもと》のタグをのぞいてみたことがある。世界的に有名なハイブランドのロゴが入っていた。ふだんわたしが買うのとは、たぶんケタが2つは違《ちが》うであろうブランドのロゴだ。

傷《きず》つけてはいけない美術品を扱《あつか》うような手つきで、わたしはワンピースのビニールカバーを外し、刺繍糸をかまないようにそうっと背中《せなか》のジッパーを下まで降《お》ろして、中に足を踏《ふ》み入《い》れる。そして全身鏡の前に立ち、体をねじって背中《せなか》のところを十分確認《かくにん》しながら、そろそろとジッパーを上げていく。

「ピッタリかも」

正面に向きなおって、全身を鏡に映《うつ》す。わたしが見たこともないわたしがいる。

ワンピースを着てコンサートホールの入り口に現れたわたしを見て、ボーイフレンドは一《いっ》瞬《しゅん》、とてもまぶしそうな顔をした。ふだんと違《ちが》うわたしを彼が十分に意識しているのを、わたしも十分意識する。彼はわたしの腰《こし》にそっと手をあて――ふだん、そんなことは絶対にしない――ホール最前列までわたしをエスコートし、わたしの座席《ざせき》を整え、先に座《すわ》らせた。

コンサートが終わり、感動の余韻《よいん》でなかなか席を立てなくなったわたしを見て、腕《うで》の下に手を入れてふわりと体を持ち上げてくれた。

ホールを出ると外が少し冷《ひ》え込《こ》んでいて、ノースリーブのワンピースではかなり肌寒《はださむ》かったが、すぐに察《さっ》して、後ろからわたしの肩《かた》に自分のトレンチコートをそっとかけてくれた。

なんて素敵《すてき》なデートだったんだろう。

夢見心地《ゆめみごこち》で帰宅《きたく》すると、リビングでママがお茶を飲んでいた。

「あら?」

ママの驚《おどろ》いた顔を見て、わたしはすぐに謝《あやま》った。

「ごめん、勝手に借りちゃった」

ママは、マグカップをテーブルの上に置き、しげしげとわたしを見て言う。

「いいんだけど……大丈夫《だいじょうぶ》だった？」

「大丈夫って？」

「そのワンピース、後ろのスリットがお尻《しり》のところまで裂《さ》けてたはずなんだけど……」

わたしは慌《あわ》てて後ろを振《ふ》り返《かえ》り、スリットの裂け目をたしかめる。

……裂けていた。本来、お尻とヒザの後ろの間くらいのところで終わっていなければならないはずのスリットが、お尻のラインのギリギリのところまで裂けてしまっていた。つまりは、歩くたびに下着の下のほうが見《み》え隠《かく》れしていた可能性があるのだ。

わたしは、顔だけではなく全身真《ま》っ赤《か》になって、自分の部屋へと駆《か》け込《こ》んだ。

部屋のベッドに飛び込んで頭から布団《ふとん》をかぶり、恥ずかしさに悶絶《もんぜつ》した。今日のボーイフレンドの行《ゆ》き届《とど》いたエスコートの真意がわかった。あれは、わたしの後ろに立って、スリットを隠《かく》してくれていたんだ。コートをかけてくれたのもスリットを隠すためだったんだ。それなのにわたしはレディーぶって、すまして歩いたりして……。

スマホに、ボーイフレンドから着信があった。しかし、わたしはとにかく恥《は》ずかしくて、そしておそろしくて、出ることができない。そのうち、悔《くや》しくて悲しくて、涙《なみだ》が出てくる。そして、いつの間にか眠《ねむ》ってしまった。

翌朝起きてリビングに降《お》りて行くと、ママがお茶を飲んでいた。

「スリット、縫《ぬ》っておいたわよ」

リビングのドアのところに、ハンガーにかかったグリーンのワンピースが吊《つ》られている。

見た瞬間《しゅんかん》、昨日の恥《は》ずかしさを思い出し、わたしは思わずママに八《や》つ当《あ》たりする。

「破れてるなら、捨《す》てるか、ちゃんと縫っておくかしておいてよ！」

しかし、ママは、そんなわたしのイライラを優《やさ》しく受け止めて言った。

「あれはね、ママとパパの大切な思い出のワンピースなの。あの裂《さ》けたスリットも含《ふく》めてね」

結婚《けっこん》前、パパはママの憧《あこが》れの人だった。何度もアプローチを重ねて、ようやくデートの約束を取りつけたママは、デートの数日前、ハイブランドショップのショーウィンドウでマネキンが着ていたこのワンピースにひとめぼれをした。そして、清水《きよみず》の舞台《ぶたい》から飛《と》び降《お》りる思いで買ってしまったのだが、下半身がちょっと豊かなママには、少しお尻のあたりがきつかった。でも、初デートには絶対にこれを着たい――。そう思ったママは、短期集中の激《はげ》しいダイエットをして、その日を迎《むか》えた。

場所は、夜景《やけい》のきれいなシティホテルの最上階のフレンチレストラン。食事は、フルコースのディナー。食後には、ホテル自慢《じまん》の何種類ものスイーツがカートに乗せられて運ばれてくる。前日までのダイエットの反動と、レストランのスイーツのあまりの美味《おい》しさに、ママの食欲は止まらなくなった。そんなママの豪快《ごうかい》な食べっぷりを、パパはとても楽しそうに見ていたという。

ほぼ全種類のデザートを食べ終えた後、「さぁ帰ろうか」とパパにうながされ、イスから立ち上がった瞬間、ママのワンピースのスリットが裂《さ》けた。

「その日、パパは、ママが家に帰るまで、ずっとママの後ろを歩いて、スリットのところを隠《かく》してくれたわ。全然、ロマンチックな感じなんかじゃなかった。でも、わたしたち、ずっと爆《ばく》笑《しょう》していられたの。笑いすぎて、さらにスリットが裂けちゃったくらいよ。あんまり楽しくて、わたしたち、こんな風にずっと毎日笑《わら》っていたいねって、結婚を決めたの。だから、あなたが生まれたのも、あのワンピースのおかげなのよ」

わたしは、スマホを手に取り、ボーイフレンドに電話をかける。

「昨日さぁ、ちょっと爆笑だったでしょ?」

やがてゲラゲラ笑い出したわたしたちの会話を、ママは、目を細めて嬉《うれ》しそうに聞いていた。

(作　ハルノユウキ)

夢のマイホーム

転職が決まり、10月から新しい会社に勤めることになった。

今まで勤めていたのは地方にある会社だったが、秋からは都心のオフィスへ通勤することになる。田舎暮《いなかぐ》らしは、子どもの健康のためにもよかったのだが、そこから都心へ通うのは、現実的ではない。

妻は、田舎暮らしを楽しんでいる様子で、賃貸《ちんたい》ではあったが、もともと住んでいた暖炉《だんろ》や煙突《えんとつ》やウッドデッキのあるロッジ風の一戸建《いっこだ》てを、「物語に出てくるおうちみたい」と言って気に入っていた。だから、引っ越しの話を嫌《いや》がるかと思ったのだが、予想に反して、「そうよね」と言っただけだった。

「田舎ののんびりした生活もいいけど、子どもの教育のことを考えたら、都会もいいのかもね」

こうして、現実的で堅実《けんじつ》な妻の言葉に背中を押《お》されて、わたしは人生最大の買い物をした。

転職先は小さな会社で、オフィスが一箇所《いっかしょ》しかないため、転勤《てんきん》などの心配はない。ならば、と、この機に思いきって分譲《ぶんじょう》マンションを買うことにしたのだ。小柄《こがら》な妻と、4歳《さい》の息子、一家3人にはじゅうぶんな2LDKで、妻は、「やっぱり都会はいいわね」とご満悦《まんえつ》の様子《ようす》だった。

これからは、先の長いローンのために、今まで以上に汗水《あせみず》たらして働かなければならない。

幸いにして、新しい会社での仕事は順調で、妻と息子を思って働くことは、苦でもなんでもなかった。妻は早々に都会の暮らしに慣《な》れて生き生きとしていたし、息子も、これまでとは違《ちが》う街の様子に興味をひかれたようだった。

これからは、この街で、妻と息子とともに時間を重ねてゆくのだ。

ガスにかすむ都会の満月にむかって決意を新たにしたとき、すでに異変《いへん》は起こっていた。

幼《おさな》い息子から、笑顔が消えたのだ。田舎に暮らしていたころは、泥《どろ》だらけになるまで外を走り回っていた活発な息子が、マンションで暮らし始めてからは、リビングのソファからあまり動かなくなった。

お気に入りの「おばけの絵本」も無表情でめくっているし、ロボットのオモチャも指先でいじるばかりで、あまりおもしろくなさそうにしている。

自然が少なくなったことを寂《さび》しく感じているのかと思い、頻繁《ひんぱん》に公園や、たまに遠出して海や山にも連れていくのだが、元気に遊ぶのはそのときだけで、帰ってきたらまた肩《かた》を落としてしまう。

「あの子は、どうしたんだろう？」

そう尋《たず》ねると、妻も気になっていたようで、「うーん……」と指先をあごにそえた。

「幼稚園《ようちえん》でイジめられてるんじゃないかと思って、先生にそれとなく聞いてみたんだけど、そんなことはないみたい。逆に、『男の子にミミズを近づけられて泣いていた女の子を助けてあげてましたよ』って言われちゃった」

ならば、なぜ息子は元気をなくしているのか？　心当たりはない、と妻は言う。そうなると、息子に直接、尋《たず》ねてみるしかない。

息子は、近づいてくる冬にエネルギーを吸いとられるように、元気をなくしている。このままほうっておけば、冬に花が枯《か》れるように、息子の心も枯れてしまうかもしれない。

「慎重《しんちょう》にね」と妻に念を押されたせいで、足音にも気をつかって、そろりそろりとわたしは息子に近づいた。息子はまた、リビングのソファに座って、つまらなさそうに絵本をめくっている。

「どうした？　最近、元気ないんじゃないか？」

「そんなことないよ」

答える声に、すでに元気がない。上手にウソをつけない子どもは、いたいけで愛らしいが、それゆえに、無理をしていることも伝わってきてしまう。

「悩《なや》んでることとか、イヤなことがあるなら、パパに言ってごらん。パパもママも、おまえの力になるから」

そう言って背中をさすってやると、小さな胸《むね》の中につっかえていた言葉が吐《は》き出《だ》された。

「このマンションが……」

と、息子はこわごわ、つぶやいた。

「このマンションが……、すごくイヤなんだ。前のおうちに、もどりたい……」

その言葉を聞いて、驚《おどろ》かなかったと言えばウソになる。息子から聞いた言葉をそっくり妻に伝えると、妻もわたしと同じ気持ちになったのか、いちど見開いた目を細め、手で口を隠《かく》してしまった。

「まさかあの子、感じてるのかしら。不動産屋さんが言ってた――」

「しっ、あの子に聞こえるだろ」

人差し指を唇《くちびる》にあてて、わたしは妻の言葉をさえぎった。あわてた様子で妻が口を閉じる。

そっと息子を見ると、もう絵本は閉じて、手に持ったロボットに擬音《ぎおん》をあてて、一人遊びをしている。今の会話は聞こえていなかったらしいことに、とりあえず胸《むね》をなで下ろした。

たしかに、このマンションを紹介してくれた不動産屋の担当者《たんとうしゃ》が言っていた。こういうことは伝えておくのがルールだからと言いながら、それでも言いたくなさそうに話してくれた。わたしも妻もそういうたぐいの話は気にしないタチだし、何より、そんなバカげた噂《うわさ》のおかげでこのマンションが安く買えたのだから、感謝したいくらいである。

入居《にゅうきょ》したあとも、わたしと妻は何も感じなかった。だから、引っ越し直後と転勤直後のバタバタで、そんな話はすっかり忘《わす》れてしまっていたのだ。

けれど、その忘れていたことを、息子の言葉ではっきりと思い出した。まるで、奥《おく》にモノがはさまって開けることのできなかったタンスの引き出しが、あるとき、力も入れていないのにスッと開いたような感覚だった。

そして、思いがけなく開いた引き出しには、見なくてもいいものが入っていた。

このマンション、「出る」っていう噂《うわさ》があるんです。

なんでも、7、8年前に、屋上から飛び降りた人がいたとかで。

そう言って額《ひたい》をぬぐっていた不動産屋の担当者の顔が浮《う》かぶ。「あくまでも噂《うわさ》ですけどね」と口早につけ足された言葉は、彼自身に言い聞かせているようだった。

そのことは息子には話していない。わざわざ怖《こわ》がらせる必要もないし、そもそも、わたしも妻も不動産屋の話は信じていなかった。もちろん、そんなものを見たことも、気配《けはい》を感じたこともない。だからこそ忘れていたのだが、噂を知らない息子に言われて思い出すことになるとは……。

まさか……。けれど、本当に飛び降りた人がいたのだとして、あの噂も事実だとすれば、息子がこのマンションに引っ越してから元気をなくしたことにも、「このマンションはイヤだ」と言っていることにも説明がついてしまう。幼《おさな》い子どもは感受性《かんじゅせい》が豊かだから、大人には察《さっ》知《ち》できないものを察知《さっち》する能力が本当にあるのだ。

そして、息子が不思議《ふしぎ》なことを言った翌日《よくじつ》から、わたしも、何か人ではないものの気配《けはい》を感じるようになってしまった。

ひとつひとつは些細《ささい》なことだ。

置いたと思っていたところから鍵《かぎ》がなくなっていて、思わぬところから出てきたり。

深夜なのにギシギシと歩き回るような音が、上の部屋から聞こえてきた気がしたり。

廊下《ろうか》を歩いていると、誰《だれ》かがうしろからついてきているような感じがしたり。

マンションの裏手《うらて》が、昼でも奇妙《きみょう》に温度が低くなっているようで鳥肌《とりはだ》が立ったり。

いつも決まった時間に、駐車場《ちゅうしゃじょう》のほうからドサリと重いものが落ちるような音が聞こえたり。

どうやら妻も異変《いへん》を感じているらしく、わずかな物音にも敏感《びんかん》になってしまった。息子を幼稚園に送《おく》り届《とど》けたあと、昼間はわたしも仕事に出ているから、妻は家にひとりきりだ。ずっと外で時間をつぶすわけにもいかないから、不安は増すばかりだろう。

息子は最近、お気に入りだったはずの「おばけの絵本」も、とうとう読まなくなってしまった。そんな息子にもまして顔色の優《すぐ》れない妻が心配で、わたしはいよいよ、引っ越すことも考え始めた。せっかく手に入れた夢のマイホームだが、妻と子どものことを思えば、「このまま」というわけにもいかない。

そのことを妻に話すと、小さくうなずいた。限界が近かったのだと思い知って、やはり引っ越すしかないと決意する。それなら、息子にも伝えなければいけない。

「このマンション、引っ越そうと思うんだ。できるだけ早いうちにね」

息子を安心させるため、ゆっくりと言うと、息子は大きく目をみはった。その瞳《ひとみ》には安堵《あんど》と嬉《うれ》しさが同じくらい宿っている。そこまで、このマンションにイヤなものを感じていたのだろう。ムリをさせてしまったことを後悔《こうかい》する。

「ほんと？　じゃあ、前に住んでたところに、もどるの？」

「今、パパが働いている会社には、前の家からは通えないんだ。だから、この近くで探《さが》そうとは思ってるんだけど……前の家に戻《もど》りたいのか？」

そう言って息子の頭をなでると、小さな顔いっぱいに笑顔を広げて、コクリとうなずいた。

久しぶりに息子の笑顔が見られて嬉《うれ》しくなった。

「ねぇ、いつ、お引っ越しするの？」

「そうだなぁ……いろいろ忙《いそが》しくなるし、12月の中ごろまでには引っ越したいな」

「ほんと？　よかったぁ！　それだったら、クリスマスに間に合うね！」

「クリスマス？」

気の早い言葉が出てきて、おや、と思う。しかし、わたしや妻が反応を迷《まよ》っているうちに、息子がぴょんと跳《と》び上《あ》がった。

「だって、このマンションには煙突《えんとつ》がないんだもん。煙突がないと、サンタさんが入ってこられないでしょ？　サンタさんが入ってこられなかったら、プレゼントがもらえないよ!!　だから、ここイヤだったんだ！」


（作　桃戸ハル、橘つばさ）

君は僕のヒーロー

マーティンは、生まれ育った町で、開業医として小さな病院を経営《けいえい》している。医師《いし》としての評判《ひょうばん》は上々で、町の人々はみな、マーティンのことを信頼《しんらい》していた。老《お》いも若《わか》きも、なにかあれば彼の病院を訪《おとず》れ、彼の診断《しんだん》を信じ、彼の治療《ちりょう》を受けていた。

その病院に、マーティンの親友であるジャックが訪れたのは、半年ほど前のことだ。「体調が思わしくなく、食欲《しょくよく》もない」と不調を訴《うった》えるジャックに、マーティンは言った。

「なぁに、ただ疲《つか》れがたまっているだけだよ。心配はいらない。疲労回復《ひろうかいふく》に効《き》く薬を出しておこう」

親友の力強い言葉に、ジャックは安心した。小さい頃《ころ》から、マーティンは頭がよかった。医者という職業《しょくぎょう》に就《つ》き、町の人々からの信頼を得ているのも、当然であろう。

しかし、一方のジャックの境遇《きょうぐう》は正反対。勤《つと》めていた会社が倒産《とうさん》し、新しい仕事を探《さが》している最中、つまり無職であった。

「診《み》てもらった後ですまないが、実は今は、手持ちの金がなくて…」

申し訳《わけ》なさそうに肩《かた》をすぼめるジャックに、マーティンは言った。

「なぁに、診察代《しんさつだい》は君の仕事が見つかってからでいいさ。そのときまでツケにしておくから、今はゆっくりと、身体《からだ》を休めるんだな」

ジャックは、「すまん」と頭を下げながら、マーティンの手を握《にぎ》った。

「おいおい、おかしなヤツだな。何を謝《あやま》ることがある。『困《こま》ったときはお互《たが》い様』というじゃないか。それに、こんなときに力にならないで、友を名乗ることなんかできないだろう？　さぁ、頭を上げてくれよ、親友」

目にうっすらと涙《なみだ》を浮《う》かべ、ジャックは頼《たの》もしい友の顔を見つめた。


それから3ヵ月が過《す》ぎても、ジャックの体調はなかなか元に戻《もど》らなかった。体重は落ち、目はくぼみ、鏡《かがみ》を見ても、顔に生気《せいき》が感じられない。

「なぁマーティン、俺《おれ》はいったい、なんの病気なんだ？　本当のところを教えてくれないか？」

不安げに話すジャック。しかしマーティンは、今撮《と》ったばかりのレントゲン写真を見ながら、力強い声で言った。

「大丈夫《だいじょうぶ》だと言っただろう？　病気の名前？　あえて言うなら、ストレス性の体調不良だよ」

イスをきしませてジャックのほうを向くと、マーティンは続けた。

「ただひとつ言えることはだな、ジャック。君の病気は、必ず治る。元気になって、今までどおりの毎日を送れるようになる、ということだ」

なんというありがたい言葉だろう。不安にかられていたジャックは、その言葉だけで、少し病状がよくなったような気がした。親友がここまで言うからには、自分の病気はきっと治るに違《ちが》いない。

だがジャックには、それでも心配なことがあった。

「マーティン、診察代の件《けん》なんだが、なかなか次の仕事が見つからなくて、その……」

残りわずかとなった貯金を切り崩《くず》しながら、日々の食料をなんとか調達するだけでいっぱいいっぱいのジャック。彼が今日も、マーティンに診察代を払《はら》うことができなかったのも無理はない。

「あぁ、そのことか。前にも言っただろう？　そんなものは、仕事が見つかってからでいいんだ。今日の分もツケにしておくから、心配するな」

「マーティン……助かるよ。金が入ったら、まっ先に君のところに持ってくるから」

ジャックはもう、謝ることはしなかった。それは、マーティンが望んでいることではないからだ。その代わり、ありったけの感謝《かんしゃ》の気持ちを伝え、病院をあとにした。


それから、また3ヵ月が過ぎた。

マーティンの言葉を疑《うたが》うわけではないが、やはり、体調が上向《うわむ》くことはなかった。もらった薬も言われたとおりに毎日飲んでいるが、病気が治る気配《けはい》はない。

「なぁ、君がウソをついていると言うつもりはないんだが……」

言いにくそうにしながら、ジャックは続けた。

「自分の身体《からだ》のことは、自分がいちばん分かるということもあるだろう？　どうも、今のこの俺の身体が、回復に向かっているとは思えないんだ」

マーティンはカルテに目を落としていた。

「正直に教えてほしい。俺はもう、長くないんじゃないのか？　俺の命は、あとどのくらいで燃《も》え尽《つ》きるんだ？　もっても、せいぜいあと3ヵ月ってところじゃないのか？」

ジャックの言葉を受け、マーティンは意外なことを語り始めた。

「小さい頃、いじめっこのサムってヤツがいたろ？　覚えているか？」

――いったい、何の話をしているんだ？　ジャックは面食らったが、親友の話に耳を傾《かたむ》けることにした。

「ひ弱な僕が、サムにいじめられているとき、ジャック、君が助けてくれたのを、僕は忘《わす》れない。勉強しかとりえのない僕にとって、君はまるで、コミックから飛び出してきたヒーローみたいに思えたものさ」

ジャックは昔から正義感《せいぎかん》が強く、弱者を助ける、まっすぐな心の持ち主だった。突然《とつぜん》、なつかしい話を持ち出され、ジャックは照《て》れた。

「なんだい、急に。よしてくれよ」

照れるジャックに、マーティンは続けた。

「あの頃の僕にとって、君はまさしくヒーローだったんだ。でも僕は、力も弱くて、ヒーローになんかなれっこない。だから僕は思ったのさ。だったら、ヒーローが弱っているときに、それを治す、医者になろうって」

目を閉《と》じて、少年だった頃の風景を思い描《えが》いているマーティン。ジャックも目を閉じ、照れくさそうにそれを聞いていた。

「だから、今の僕があるのは、君のおかげなんだ。……そしてここからが重要なところだ」

マーティンは、まっすぐにジャックの目を見て言った。

「ヒーローは、病気なんかでやられたりはしない。そうだろ?」

いたずらっぽく片《かた》目《め》をつむって見せるマーティン。その笑顔に、ジャックは、さっきまでの不安な気持ちが吹《ふ》き飛《と》ばされるような思いがした。

コミックは、ジャックも小さい頃から大好きだった。そこに出てくるヒーローはみな強く、時に強大な敵《てき》に負けそうになることがあっても、必ず最後はそれに打ち勝った。どんな困《こん》難《なん》にもめげず、立ち向かっていたではないか。ましてや、病気に負けてしまうヒーローなんて、見たことも聞いたこともない。

「ありがとう、マーティン!」

ジャックはマーティンの手を両手で握《にぎ》り締《し》めた。

「俺が、君にとってのヒーローだというのなら、俺はもうしばらく、それを演《えん》じさせてもらうことにするよ」

その言葉を聞いて、マーティンは微笑《ほほえ》んだ。ジャックはもう、自分が病に負けるなんてことを、考えるのはやめにした。

「なんどでも復活するヒーローのように、俺は必ず、病気を治してみせる。君がいてくれれば、大丈夫《だいじょうぶ》だ」

マーティンは言った。

「あぁ、そうさ。病気は必ず治る。親友であるこの僕が、必ず治してみせる」

「君が、俺の親友で本当によかった」

感謝の言葉を述《の》べ、病室を去ろうとするジャックに、マーティンは言った。

「しつこいようだが、病気は治る。それは、親友であるこの僕が保証《ほしょう》しよう。だが、ちょっとお願いがあるんだ。支払いの件についてなんだが……」

いつもすまないな、とジャックが口にする前に、マーティンは言った。

「これまでは、職《しょく》が見つかってからでいいと言っていたんだが、次からは現金《げんきん》で支払ってもらえないか？」

手元にあるカルテをぱらぱらとめくりながら、ジャックの顔を直視できないのか、視線《しせん》をはずすようにしてマーティンは続けた。

「それと、ツケにしていた分も払《はら》ってもらえるとありがたいんだが。できればそう、あと３ヵ月以内にね」


（原案　欧米の小咄、翻案　蔵間サキ）

崇《すう》高《こう》な願い

国会《こっかい》議事堂《ぎじどう》の前に、一人の男が座《すわ》りこんでいた。断食《だんじき》を行って抗議《こうぎ》の意志を示すハンガーストライキをはじめたのだ。たちまち物見高い野次馬《やじうま》が集まってきて、幾重《いくえ》にも人垣《ひとがき》をつくった。

「人類は、このままでは滅亡《めつぼう》する!!　核兵器廃絶《かくへいきはいぜつ》！　地球の環境《かんきょう》を守れ!!　……か」

最前列の誰《だれ》かが、男が掲《かか》げたプラカードの赤い文字を読んだ。

「崇《すう》高《こう》な願いだな」

「実現することはないだろうが――」

「りっぱな願いではある」

プラカードに強いメッセージが書かれていたものの、その男は、演説するでもなく、訴《うった》えを叫《さけ》ぶでもなく、ただじっと目を閉《と》じて座っているだけだった。喪服《もふく》のように黒い洋服を着て、死人のように青白い顔をしていた。

「あの様子じゃ、そう長くはもつまいな」

「もうじき倒《たお》れるかもしれん」

人々はそうささやきあった。

まもなく警備《けいび》の警官がやってきた。

「キミ、そんなところに座りこんじゃいかんよ」

男は何も答えなかった。警官は説得を続けた。男は静かに目を閉じ、前方に顔を向けたまま、警官の言葉には耳を貸そうともしなかった。

翌日《よくじつ》の新聞に、このことが小さく取り上げられた。好意的な扱《あつか》いだった。


男のハンガーストライキは2日目に入った。

野次馬の数は増えていた。警察は、男の説得を続けながら、野次馬の排除《はいじょ》にかかった。しかし、どちらも成功しなかった。

昼ごろ、あるテレビ局が取材に来た。インタビューを試みたが、男は何も答えなかった。男の顔色はますます青ざめ、塀《へい》にもたれかかって死んでいるようにさえ見えた。

その翌日の新聞には、男の写真入りの記事が出た。どの新聞も男の主張に好意的だった。

ハンガーストライキは3日目に入った。

男には賛同者が現れていた。

朝早く警官が見まわりに来たとき、背広《せびろ》を着たサラリーマン風の若《わか》い男性が、男の隣《となり》に座りこんでいたのだった。近くにパンや牛乳《ぎゅうにゅう》の入った紙袋《かみぶくろ》が置いてあったことから、夜遅《よるおそ》く食事を運んできて、そのまま座りこんだものと判断された。

「あの男は、差し入れを拒否《きょひ》したようだな」

「相当強情《ごうじょう》な男だ。いつまでがんばるつもりだろう」

「みんなが注目しているから、引くに引けなくなったんじゃないかな」

「そうかもしれん」

その翌日、他に重大な事件がなかったせいもあって、新聞では男の記事がとうとう社会面のトップを飾《かざ》った。

ハンガーストライキは4日目に入った。賛同者がまた一人増えていた。今度も若い男性だった。男は依然《いぜん》として何も食べていないようだったが、賛同者が2人になったためか、いくらか元気そうに見えた。

ストライキが5日目に入ると、また一人賛同者が現れた。今度は中年の女性だった。やはり食事を運んで来たらしかったが、男がそれに手をつけた形跡《けいせき》はなかった。

警察は、これ以上賛同者が増えないように、徹夜《てつや》で見張りの番をつけることにした。

6日目の朝、張り番をしていた2人の警官までが座りこみをはじめていた。

「おまえたちは何を考えとるんだ!」

彼らの上司がどなりつけても、2人はがんとしてそこを動こうとしなかった。同僚《どうりょう》の説得もつっぱねた。2人の警官は、男がそうであったように、口を固く結んで何も語ろうとしなかった。

この事件は、あらゆるメディアで大きく報道された。

週刊誌《しゅうかんし》はおもしろおかしく書き立て、テレビはいかにももっともらしく解説し、新聞は眉間《みけん》にしわを寄せたような記事を載《の》せた。

野次馬は歩道からあふれて車道へはみ出した。

「もっとやれ。がんばれ」

「いいかげんにしろ。偽善者《ぎぜんしゃ》」

「崇高《すうこう》な行為《こうい》だ。おれは支持する」

「売名行為だ。いいかげんに、やめろ!!」

野次馬はそれぞれ勝手なことを言った。

しかし座りこんだ5人は何を言われてもいっこうに気にならない様子だった。男が掲《かか》げたプラカードの血のように赤い文字だけが、無言《むごん》の主張をくり返していた。

「人類は、このままでは滅亡《めつぼう》する!!　核兵器廃絶《かくへいきはいぜつ》!　地球の環境《かんきょう》を守れ!!」

その夜の見張りは、4人に増やされた。

しかし、その4人の警官は、翌朝、平然《へいぜん》と座りこみに加わっていた。

警視庁長官《けいしちょう》が激怒《げきど》した。

「もう実力で排除《はいじょ》してしまえ。道路交通法違反《いはん》だ!」

「しかし長官。彼らはまだ何もしていないのです。力ずくで排除したら、人権侵害《じんけんしんがい》だの警察の横暴《おうぼう》だのと、また新聞に叩《たた》かれます」

「かまわん。これ以上、物笑《ものわら》いの種《たね》になっているわけにはいかん」

「お言葉ですが、長官。かならずしも警察が笑い物にされているわけではありません。なかには見上げた警官もいると言って賞賛している人もいるのです」

長官はうめき声をあげるしかなかった。

「とにかく、もう少し様子を見てみましょう。あの男がまだハンガーストライキを続けるつもりならば、頃合《ころあ》いを見て病院に収容《しゅうよう》することもできるでしょう」

1週間が過ぎ、2週間が過ぎても、男はハンガーストライキを続けた。

見張りに立った警官は全員感化されて、座りこみの列に加わった。

男は依然《いぜん》として飲まず食わずだった。しかし、はじめからやせて不健康そうだった男にはさしたる変化もあらわれなかった。

マスコミは、他におもしろい事件がなくなると、この男の報道をした。大きな変化がないので、ニュース性は低くなっていたが、毎日わずかずつながら賛同者が増え、座りこみの列は長くなっていた。

警察は徹夜《てつや》の張り番を中止した。見張りの警官がかならず感化されてしまうからだ。座りこみの列の中には、すでに20名近くの制服警官と私服警官がまじっていた。

男のハンガーストライキが3週間目に入ると、マスコミが再《ふたた》び騒《さわ》がしくなってきた。体力の限界説が流された。世論《よろん》の動向をじっと見守っていた警察が、ここに至《いた》ってついに動き出した。人命尊重《じんめいそんちょう》の立場から男を強制的に病院に収容すると発表した。

男は、最後の説得にも耳を貸《か》さなかった。警察は実力行使《じつりょくこうし》にかかった。ところが、数人の警官が男の腕《うで》をつかもうとすると、男はものすごい力で暴《あば》れた。外見からは想像もできない馬鹿力《ばかぢから》だった。

若く屈強《くっきょう》な響官が4、5人がかりでもまったく歯が立たなかった。

警察はお手上げ状態となった。まさか座りこんでいるだけの相手に拳銃《けんじゅう》を向けるわけにもいかない。

男は、その後もハンガーストライキを続けた。

外国からも取材に来たが、彼は何を聞かれても返事をしなかった。

プラカードに書かれていることの他には何も言うことはない。まるでそう主張しているように見えた。

男はしだいに世界中から注目されるようになった。それでいて男の前歴や名前さえまだわからないのだった。

ハンガーストライキが1ヵ月に達すると、世界中のマスコミがこぞって報道した。

警察は2度目の介入《かいにゅう》をしたが、再び猛烈《もうれつ》な抵抗《ていこう》にあって、目的を果たせなかった。

賛同者の列は、すでに議事堂を一周し、付近の路上にまで広がりはじめていた。警察は大量の警官を動員して、男を市民から隔離《かくり》した。それでも、賛同者は、加速度的に増え続けた。

男が座りこみをはじめてから2ヵ月が過ぎた。

一人の新聞記者が、男の行為に疑問《ぎもん》を覚えた。2ヵ月も飲まず食わずで生きていられるはずがない、と彼は単純《たんじゅん》に考えた。

新聞記者は、男の秘密《ひみつ》をあばくため、物かげにかくれて張りこみをはじめた。彼は、かたときも目を離さなかった。しかし、数日間徹夜《てつや》の張りこみを続けたが、男にはまったく不審《ふしん》な行動は見られなかった。警察が道路を閉鎖《へいさ》しているので、食料を運んでくる者もなかった。


ある夜、新聞記者は男に直接ぶつかってみることにした。付近に人がいないのを確かめてから、彼は男に近づいていった。

「こんばんは」

男は相変わらず目を閉じて瞑想《めいそう》にふけっているように見えたが、新聞記者が問いかけると、静かに目を開いた。まるで犯罪者のように鋭《するど》い目つきをしていた。

「なんだ?」

はじめて聞いた男の声は、低く陰《いん》にこもって、新聞記者は思わず身ぶるいした。

「あなたは、本当に何も食べていないのですか？」

「もちろんだ」

「しかし何も食べずに2ヵ月間も生きられますか？」

「おれは生きている。それで十分だろ。おれはこの要求がいれられるまでは絶対にここを動かん」

男は新聞記者を強い視線《しせん》でひとにらみすると、壁《かべ》に立てかけたプラカードを「バン！」と手のひらで叩《たた》いた。

「あなたの主張はたしかに正しいのですが……」

「正しい。絶対だ」

「しかし、そのために生命を危険《きけん》にさらすことはないでしょう」

「生命を危険にさらす？　誰《だれ》が生命を危険にさらしているのだ。生命を危険にさらしているのは、人類のほうじゃないか。これは死活問題なんだ」

「もちろん死活問題です。しかし――」

「しかしとはなんだ！」

男は興奮《こうふん》して立ち上がった。その恐《おそ》ろしいほどの迫力《はくりょく》に圧倒《あっとう》され、記者はあとずさった。

「これは人類だけの問題じゃない。我々《われわれ》の問題でもあるのだ。人類に勝手に滅亡《めつぼう》されては困《こま》るのだ!」

「人類が勝手に滅亡? 何の話をしているのです?」

新聞記者は恐怖《きょうふ》のために大きく目を見開いていた。男は狂《くる》ったように叫《さけ》んだ。

「おれたちは食糧危機《しょくりょうきき》の話をしているんだ!」

「あ、あんたは何者なんだ」

「おれか。おれは」

いまや完全に正体をあらわにした男は、黒いマントをひるがえし、あっという間に新聞記者に襲《おそ》いかかると、鋭《するど》い牙《きば》をむき出して記者のノド笛《ぶえ》にかみついた。

翌朝。パトロールに来た警官が、男の隣にまた新しい賛同者が加わっているのを発見した。


(作 中原涼)

ロボットの銀行強盗《ごうとう》

「ロボット三原則」というものがある。

第一条《じょう》　ロボットは人間に危害《きがい》を加えてはならない。また、その危険を看過《かんか》することによって、人間に危害を及《およ》ぼしてはならない。

第二条　ロボットは人間から与《あた》えられた命令に服従《ふくじゅう》しなければならない。ただし、与えられた命令が、第一条に反する場合は、このかぎりではない。

第三条　ロボットは、第一条および第二条に反するおそれのないかぎり、自分を守らなければならない。

この三原則は「良心回路」と呼《よ》ばれ、国内で生産されるすべてのロボットに組《く》み込《こ》むことが法律《ほうりつ》で義務づけられている。ロボットは、用途《ようと》にあわせてさまざまな能力を備えているが、この回路が組み込まれているかぎり、犯罪《はんざい》に使われることはないのだ。

私は、あるロボットを開発することに成功した。もちろん、そのロボットにも「良心回路」は組み込まれている。しかし、私はそのロボットを利用して、あることを成《な》し遂《と》げようと考えていた。

銀行強盗である。

罪《つみ》を犯《おか》すことができないロボットに、罪を犯させることができれば、ロボット工学者としてもう一段階《だんかい》スキルアップできると思ったのだ。

私が開発したロボットは、人物を一目見れば完全にコピーすることができる。顔面を3D《スリーディー》スキャンしたのち、合成皮膚《ひふ》を変形させ、スキャンした対象人物と同じ顔のつくり、皮膚の質感を再現することができるのだ。もちろん、目の色や指紋《しもん》まで完璧《かんぺき》に。

さらには、特殊合金《とくしゅごうきん》で作った骨格《こっかく》を組み替《か》えることで、体型も同じにできる。また、声やしゃべり方も、ある程度の会話データがあれば簡単《かんたん》に再現できてしまうのだ。

これらの能力があれば、私の理論《りろん》上、たとえ三原則に縛《しば》られていたとしても、ロボットによる銀行強盗は可能である。いや、正確に言えば「銀行強盗」ではなく、「詐欺《さぎ》」になるのかもしれないが……。

考えに考えた計画を、私はついに実行に移した。

まず、銀行が閉《し》まるタイミングに狙《ねら》いをすまし、出てきた支店長を拉致《らち》しなければならない。ロボットが手伝ってくれれば楽に終わるだろうが、三原則に縛《しば》られているロボットは、もちろん拉致などという犯罪行為《こうい》には手を貸さない。ここは、私一人でやるしかないのだ。

私もけっして若くはないが、私より年をとった支店長を拉致するのは、思っていたほど難《むずか》しいことではなかった。そのまま支店長を自宅に連れ帰り、ここから先はロボットの出番だ。

例のロボットで、支店長の顔と声をスキャンする。3時間後には、完璧なロボット支店長が誕生《たんじょう》した。あとは、支店長から聞き出した金庫の開け方を、ロボットにプログラミングするだけだ。

支店長がすぐに金庫の開け方を話したのは、指紋《しもん》認証《にんしょう》や声紋認証による複雑なロックが破られるはずはないという自信があるからだろう。しかし、私が開発したロボットならば、そんなものは簡単《かんたん》に突破《とっぱ》できるに違《ちが》いない。

翌朝《よくあさ》、私のロボットは私が下《くだ》した命令どおり、支店長の自宅へ向かった。徹夜《てつや》帰りのフリも完璧で、家族は心配こそしたものの、支店長がロボットに入《い》れ替《か》わっていようとは疑《うたが》いもしなかった。そう、私の作ったロボットの正体が見破られるはずがないのだ。

そして、一時帰宅したロボット支店長は服を着替えて、何食わぬ顔で銀行に出勤《しゅっきん》した。いよいよ、私の最後の命令を実行するときだ。

私はロボットに、こう命じておいた。

「銀行が閉まったら、必ず行内《こうない》に誰もいなくなってから金庫に向かえ。金庫の中には、札束《さつたば》の詰《つ》まった袋《ふくろ》が積まれているはずだ。千円札、2千円札、5千円札の袋《ふくろ》は無視《むし》していい。1万円札の袋だけを持ってこい」

実行のときまでは時間がある。ロボット支店長は朝から、支店長としての仕事を完璧にこなしているようだ。銀行の外から様子をうかがっていたが、とくに問題が起きた様子はない。あとは、ロボットが札束を持ち帰るのを待つだけだ。うまくいけば、数十億円の金が手に入る。

いや、もはや疑う必要はない。私は自分の発明品による計画の成功を――ロボットによる世界初の犯罪の成功を確信し、胸《むね》を高鳴らせて家に帰った。

夜の10時ぴったりに、チャイムが鳴った。計画どおりだ、1秒の狂《くる》いもない。玄関《げんかん》に出てみると、そこにはロボット支店長が立っていた。これでもう、本物の支店長に用はない。危害《きがい》を加えるつもりは、もとからなかった。金を持って逃亡《とうぼう》するときに解放するのも計画のうちで、我《わ》が家《や》で丁重《ていちょう》にもてなしていたのだ。

いや、今はそれよりも金である。

私は帰ってきたばかりのロボットに尋《たず》ねた。するとロボットは、玄関の前に停《と》めてあった車を指さした。金庫から運び出したものを車で運搬《うんぱん》するように言っておいたのも私だ。数十億円ぶんの札束《さつたば》である。いくらロボットとはいえ、人目に触《ふ》れることなく一度に運ぶことはできない。

「ブツはどうした？」

それだけの大金が、すぐそこにある。無意識に、ノドがごくりと音を立てていた。

玄関に停まるワゴン車に、私はそうっと近づいた。武者震《むしゃぶる》いする手でドアを開ける。そこに山と積まれている金を想像していた私の顔は、だらしなく笑《え》み崩《くず》れていたことだろう。

しかし、ドアを開けたそこにあったのは、何十枚もの空《から》の麻袋《あさぶくろ》であった。

なんだ、これは。一瞬《いっしゅん》、頭がまっ白になってから、気づく。これは、この袋は、札束を入れて保管しておく袋ではないか。

「おい……なんなんだ、これは……。誰かに札束を奪《うば》われたのか？」

武者震いとは違う震えがノドを震わせ、声を震わせた。しかし、ロボットに感情は理解できない。支店長とまったく同じ顔には、無表情が貼《は》りついているだけだった。

「札束？　札束とは、なんですか？　私が命令されたのは『1万円札の袋だけを持ってこい』というものでした。そのときの音声を再生します」

人間そのものの体から、機械的な音が聞こえてくる。ああ、ロボットとはこんなにも不気味《ぶきみ》な存在《そんざい》だっただろうか。自分の発明品を前に、私はそんなことを思った。

「銀行が閉まったら、必ず行内に誰もいなくなってから金庫に向かえ。金庫の中には、札束の詰まった袋が積まれているはずだ。千円札、2千円札、5千円札の袋は無視していい。1万円札の袋だけを持ってこい」

支店長の外見をしたロボットから、私の声が再生された。それは間違いなく、私が命じたものだった。

「だから私は命令どおり、中身を銀行に置いて、１万円の札束が入っていた袋だけを持ってきたのです」

膝《ひざ》から一気に力が抜《ぬ》けて、私はその場にへたり込んでいた。ロボット支店長の足だけが見える。頭の中ではロボット三原則が、私を嘲笑《あざわら》うかのようにリフレインされていた。

第二条　ロボットは人間からあたえられた命令に服従《ふくじゅう》しなければならない――。

（作　桃戸ハル、橘つばさ）

密《みっ》室《しつ》ゲーム

目が覚《さ》めると、天井《てんじょう》も床《ゆか》も壁《かべ》もまっ白な正方形《せいほうけい》の部屋にいた。窓《まど》もなければ、扉《とびら》もない。まるで、角砂糖《かくざとう》の中に閉《と》じ込《こ》められているようだ。

今度は、自分の体を見てみる。腕時計《うでどけい》や携帯電話《けいたいでんわ》、サイフなどもなく、身につけているのは洋服だけである。

俺《おれ》は、どうしてしまったんだろう。なぜ、ここにいるんだろう。

そう考えてから、ようやく、ここにやってきた記憶《きおく》さえないことに気づく。不安が急速にふくらんだ。

「おい、誰《だれ》か！　誰かいないのか!?」

窓も扉もない、ただ白いだけの壁を両手で力任《ちからまか》せに叩《たた》く。しかし、隠《かく》し扉《とびら》があるわけでもなく、冷たい壁はびくともしない。「密《みっ》室《しつ》に閉じ込められた」という事実が、じわりじわりと恐《きょう》怖《ふ》になって、俺の息づかいを荒《あら》らげてゆく。

壁を叩《たた》き続《つづ》けたせいで赤くなった手の平《ひら》を見つめ、俺は必死に記憶をたぐった。なんで、どうして、こんなことに……いったい、誰が……。

そのときだった。どこからか声が聞こえてきた。

「おはようございマス。ヨクお休みになられてまシタね」

明らかに変声器《へんせいき》を使っていると思われる、ざらついた機械的《きかいてき》な声。男か女かもわからない声のもとを探《さが》していると、壁と天井の交《まじ》わる四隅《よすみ》のひとつに、角砂糖にたかったアリのように黒いスピーカーがついていた。声は、さらに続ける。

「お仕事、忙《いそが》しいんですネ。死んだように眠《ねむ》っていまシタよ」

思いやりなのか、からかいなのか、機械越《ご》しの平坦《へいたん》な声では判断できず、ただ神経《しんけい》だけが逆《さか》なでされる。スピーカーを指さして、俺は怒鳴《どな》った。きっとカメラもついているだろうから、手加減《てかげん》なく、にらみもきかせる。表情を作るのは、職業柄《しょくぎょうがら》、得意だ。

「おい！　俺をこんなところに閉じ込めて、何が目的だ！　金か？　いくら欲《ほ》しいんだ！」

こう言ってはなんだが、金ならある。

俺は、ドラマにひっぱりだこの役者だ。若いときは二枚目俳優《にまいめはいゆう》と呼ばれ、30代では男の色気《いろけ》があるともてはやされ、50を超《こ》えた今も渋《しぶ》さと紳士的《しんしてき》なイメージで人気を博《はく》している。

だから、金目当てで誘拐《ゆうかい》、監禁《かんきん》された可能性が、まっ先に思《おも》い浮《う》かんだ。それなら、ここにやってきた記憶がないことにも説明がつく。何より、機械で声を変えるなど、後ろめたいことがあるからこそだ。

「ほら、言ってみろ。いくらでもいい、欲しいだけくれてやる。警察《けいさつ》にも黙《だま》っててやる。そんなことよりも、今は何時だ？　ドラマの撮影《さつえい》があるんだ。金よりも大事な仕事なんだよ」

スピーカーに向かって訴《うった》えると、そのスピーカーから軽く笑《わら》う声がもれ聞こえた。

「相変わらず、仕事第一な人デスね。ワタシの目的ハ、お金じゃありまセン。ワタシはアナタと、ゲームがしたいだけデス」

「ゲーム？」

「ええ。アナタの人生を賭《か》けたゲームをネ」

ゲームだと？　まったく、趣味《しゅみ》の悪い冗談《じょうだん》だ。

「ふざけるな！　おまえ、俺が誰だかわかって言ってるんだろうな!?　おまえは遊びのつもりかもしれんが、俺が巻《ま》き込《こ》まれた以上、大問題になるぞ！　犯罪《はんざい》だぞ、これは！」

「アナタだって犯罪者のようなモノではありまセンか」

冷静に返された一言《ひとこと》に、水をかけられたような気がした。

俺が、犯罪者だと？

「貴様《きさま》、何を言ってるんだ……」

「すべては、ゲームをすればわかりマス」

声に含《ふく》まれる余裕《よゆう》が気に食わない。いったい犯人は何者なんだ。俺の知っている人間だろうか？　金が目的ではないと言っていたが、だとすると理由は……。

深く考えているヒマもなく、頭上から淡々《たんたん》とした声が降ってきた。

「ルールは簡単《かんたん》。ワタシの質問に、アナタが答えるだけデス。ただし、ウソはダメですヨ。正直に答えないと――命に関わりマス」

最後の一言に、思わず思考が停止《ていし》する。ふたたび頭が動き始めた直後に出たのは、乾《かわ》いた笑い声だった。

「ははっ……命だなんて、バカなことを……。さっきからなんの冗談なんだ！」

端役《はやく》のようなセリフに、言っていて口の中が苦《にが》くなる。俺が演《えん》じるのは、そんな安い役ではない。

「冗談じゃありまセン。やってみればわかりマスよ。では、最初の質問デス」

気持ちいいくらい、こっちを無視《むし》してくれる。ゲームだの、質問だの、こんなくだらないお遊びにつき合っているヒマなど、今の俺にはない。撮影があるのだ。

「アナタは、自分の成功のために、他人を陥《おとしい》れたことがありマスか？」

一瞬《いっしゅん》、頭の中が白くなり、古い映画のワンシーンが再生《さいせい》されるように浮かび上がった。

――よくも……よくも……！　覚えてろよ、てめェ！

俺をののしる声が、頭の中に響《ひび》く。もうとっくに忘《わす》れていたはずの声に責められた俺は、あわてて首を横に振《ふ》った。

「誰かを陥れたことなんて、あるはずがない。俺が今のポジションにいるのは、ぜんぶ俺自身の力だ！」

スピーカーに向かって怒鳴りつける。よみがえりそうになった記憶を塗《ぬ》りつぶすように。

「ウソ、ですネ」

返ってきたのは、表情を取りさった、ゾッとするほど冷たい声だった。

プシュウ、と奇妙《きみょう》な音がする。顔を上げると、まっ白な天井からまっ白な霧《きり》が降《ふ》ってくるところだった。舞台《ぶたい》なんかでよく使うスモークに近いものだろうか。そう思っていたら、霧が頬《ほお》にかかったところで、ガクリと膝《ひざ》が折《お》れた。

声を出すヒマもなく、俺はその場に倒《たお》れこんだ。手足が一気に冷たくなり、指が震《ふる》えて止まらなくなる。同時に呼吸《こきゅう》が早くなり、それがやがて肺《はい》を握《にぎ》られているかのように苦しくなった。

まさか、このまま死――

恐《おそ》るべき可能性に思《おも》い至《いた》った直後、これもまた天井から、巨大《きょだい》な換気扇《かんきせん》を回すような音が聞こえてきた。室内の空気が動き、白い霧が晴れてゆく。すると、酸素の濃度が急に増したかのように、呼吸が楽になった。

「言ったでショウ？　ウソの回答をすれば、アナタの命に関わるト……」

本気だ。こいつは本当に、俺を殺《ころ》す術《すべ》をもっているのだ。そして、その術を行使《こうし》することにためらいはないらしい。

手足のシビレが薄《うす》れたところで身を起こした俺は、白い壁に背中《せなか》をつけて座《すわ》りこんだ。明らかにそれを待っていたタイミングで、機械的な声が言う。

「それでは、先ほどの質問に対する正直な答えヲ、聞かせていただきまショウか」

どうやら、ごまかすだけ無駄《むだ》だ。観念《かんねん》して、俺は深いため息をついた。

「20年ほど前、役者仲間のところに、俺がずっとやりたかった舞台《ぶたい》の主役の話がきた……。本当は、俺が主役に選ばれていたはずだったのに、そいつが汚《きたな》い手段で奪《うば》い取《と》ったんだ。だから、稽古《けいこ》期間に入った直後——舞台装置《ぶたいそうち》に、ちょっとした細工《さいく》をしておいたんだ。そうしたら、あいつがたまたま稽古中に事故《じこ》にあって足を骨折《こっせつ》して、役を降板《こうばん》することになって、俺に主役の座《ざ》が回ってきた。それを陥《おとし》れたと言うなら、陥れたんだろうよ」

できるだけ抑揚《よくよう》のない声で話すと、相手はもっと抑揚のない声で「正解デス」と返してきた。

このことは、誰にも話した覚えがない。まさか、あのとき足を骨折して役を降板し、その後、芸能界から静かに消えていったあいつが、俺への復讐《ふくしゅう》に言いふらしているのだろうか。

しかし、たとえ復讐だとしても、俺にはまだやり残した仕事がたくさんある。今、この世界から消えるわけにはいかないし、当然ながら、死ぬわけにもいかない。

とはいえ、相手の出方がわからない以上、ウソはつけない。俺がウソをつけば、おそらく、またあの毒霧《どくぎり》をまくつもりだろう。しかし、真実を語れば相手にゴシップのネタを提供《ていきょう》することになりかねない。どちらにせよ、俺にとっては不利でしかなく、慎重《しんちょう》に答えざるを得《え》ない状《じょう》況《きょう》だ。

そんな俺の思考をもてあそぶかのように、またしてもスピーカーから声が聞こえてきた。

「それでは、次の質問デス。12年前、あなたのマネージャーだった木津《きづ》という若者が命を落とした事故《じこ》の真相を答えてくだサイ」

目の奥《おく》が、ずしりと重くなる。こいつは、どこまで知っているんだ？

とっさに聞き返しそうになったが、無駄《むだ》だと悟《さと》ってやめた。その口ぶりから、事実を知っていることは明らかだ。そして、ここで俺が答えを偽《いつわ》れば、先ほどと同じ死の霧が頭上から降ってくるのだろう。

ヘタに逆《さか》らうのは、賢明《けんめい》ではない。そう判断して、俺は白状《はくじょう》した。

「木津は、高速道路で運転を誤《あやま》って、側壁《そくへき》に衝突《しょうとつ》した。即死《そくし》だったそうだ。だが、おまえが俺に言わせたいことは、それじゃないんだろうな。たしかに、木津はストレスをため込んで、精《せい》神安定剤《しんあんていざい》を服用していた。理由は俺だと言われたよ。俺が度を超えた要求をしたり、理不尽《りふじん》に怒鳴《どな》りつけたり殴《なぐ》ったりするんだと、マネージャー仲間にこぼしていたと聞かされた。

だが、芸能界なんてそんなもんだ。俺よりワガママなやつなんて、いくらでもいる。それに、木津なんかよりも俺のほうが、よっぽどストレスにさらされてるんだ。油断《ゆだん》すれば、すぐ別の俳優に取って代わられる。実力がすべてのこの業界で、俺は人気俳優でい続けなければならないんだ。それを支《ささ》えるのが、マネージャーの仕事だろう。

だが、木津は心を病《や》んで、精神安定剤を手放せなくなっていた。ほとんど依存《いぞん》状態で……運転前にも大量に服用していたらしい。それが直接の原因かはわからないし、もしかすると発作的な自殺かもしれないが、とにかく木津は死んだ。俺は、木津の母親から『息子を返せ』と責《せ》められたよ。だが、『事件』であると立証することはできなかった。もちろん俺だって、木津を死なせたかったわけじゃない。事件性がないうえに、マネージャーという仕事の性質上、事故のことは表沙汰《おもてざた》になることもなく忘《わす》れられた。これくらい話せば満足か？」

「……イイでしょう」

微妙《びみょう》な間があって、温度のない声が事務的に答える。こんなことを聞いて……俺の過去を暴《あば》いて、やはりこいつは品のない週刊誌《しゅうかんし》の記者なのだろうか。

「では、次。アナタは7年前、とある女優《じょゆう》を脅《おど》して、不正なお金を受け取ったコトがありますネ？」

それはもはや「質問」ではなく、ただの「確認《かくにん》」だった。

「……ああ」

「どういう事情デ？」

「別に、よくある話さ。清純《せいじゅん》キャラで売っていたある女優が、昔は手がつけられないくらい素《そ》行《こう》が悪くて、よくない噂《うわさ》もたんまり持ってるってことを知ったから、そのことを言ってみただけさ。そうしたら彼女、まっ青《さお》になって、俺が要求してもいない金を押しつけてきたんだ。金を出せば俺が黙《だま》っていると思い込んだんだろうな。せっかくだから、もらっておいただけだ」

「彼女との関係は、それだけデスか？」

意図がつかめず、眉間《みけん》に力が入る。そんな俺に向かって、意味不明な質問は、続いた。

「その女優を、好きになったのではないデスか？」

俺は思わず、「は？」と間《ま》の抜《ぬ》けた声をもらしていた。

「あんな女、好きになるはずないだろう」

「ソレでは、アナタは、奥《おく》サンと娘《むすめ》サンを愛してイルと？」

質問の質が、これまでと違《ちが》う。まったく、妙《みょう》なことを聞くものだ。

「もちろんだ。そりゃあ結婚生活ではいろいろ起こるが、俺が本当に愛しているのは、妻と娘だけだ」

そんなことを聞いて、何になるというのか。これまでの質問は、俺が世間に隠《かく》してきた出来《でき》事《ごと》を告白させるものだった。だから、俺の過去を金に換《か》えようと目論《もくろ》む記者か、あるいは、俺に恨《うら》みをもつ人間が犯人《はんにん》だろうと考えた。俺に主役の座を奪《うば》われたあの役者か、薬を飲みすぎて事故を起こした元マネージャーの母親か、自分の後《うし》ろ暗《ぐら》い過去を金で買った元ヤンキー女優か……それ以外にも俺を恨んでいる人間はいるだろう。

「では、これが最後の質問デス。この質問に正解できたら、アナタを解放しまショウ」

スピーカーから聞こえてきた「最後」という言葉に、俺は顔を上げた。

「アナタには、子どもが何人いマスか？」

スッと、頭の芯《しん》が冷えた。

今の質問が、ジグソーパズルのピースのように、カチリと音を立てて俺の頭の中にはまる。

これまで頭の片隅《かたすみ》に立ちこめていたモヤのようなものが、その音とともにスッと晴れた。そして、完成したジグソーパズルの絵が、ひとつの真実を浮かび上がらせた。

そうか——犯人は、あいつだったのか。

俺には、妻との間に娘が一人いる。妻に似《に》て器量《きりょう》のいい自慢《じまん》の娘で、この春、大学を卒業して、今はモデル業に専念《せんねん》している。しかし、じつは世間《せけん》に公表していない子どもが、俺にはもう一人いるのだ。

妻と結婚して数年後、まだ娘が生まれる前に、俺は一度だけ、妻以外の女性に想《おも》いを寄《よ》せてしまった。二枚目俳優として売れていたこともあって、調子にのったことは否《いな》めない。

その女性とは、しばらくして別れた。しかし、彼女はそのとき、子どもを身ごもっていたのだ。俺は出産に反対したが、彼女は俺の意見を受け入れず、男の子を産んだ。

その後、「洋介《ようすけ》」と名づけられた男児の写真が送られてきたが、俺はよく見もせずに破《やぶ》り捨《す》てた。隠《かく》し子《ご》なんかが発覚すれば、俺の俳優生命は終わってしまう。真実を黙《だま》っていてもらうかわりに、俺は彼女の口座に大金を振《ふ》り込《こ》んだ。以来、一切の連絡《れんらく》がなくなり、女性にも洋介にも一度も会っていない。

つまり、俺には血を分けた子どもが2人いる、というのが「正解」だ。しかし、この事実を知る人間は、俺と相手の女性くらいである。

しかし――彼女が自分の息子に、「本当の父親がいる」と言って俺のことを話していたとすれば、話は変わってくる。母親から事実を詳細《しょうさい》に聞いたのなら、俺に恨《うら》みを抱《いだ》いてもおかしくはない。

子どもは何人いるのか、というあの質問。最後にそんなことを聞いてきたことを考えると、俺を拉致《らち》したのは洋介で間違いないように思えた。成長して事実を知った洋介が、自分と母を捨《す》てた俺への復讐として、こんなバカげた行動に出たと考えるのが自然だろう。

俺は、スピーカーに向かって言った。

「洋介。おまえが俺を殺したいくらい憎《にく》む気持ちはわかる。俺を殺して気がすむなら、そうすればいい。だが、ひとつだけ、わかってほしい。俺はおまえと、おまえの母親を捨てたわけではない。おまえの母親を愛していたことも、ウソじゃない!!」

短い沈黙《ちんもく》が、スピーカーから返ってくる。そのあと、今までの余裕《よゆう》をなくした声が言った。

「そんなコトは、どうでもいい。質問の答えを、早く言いなサイ!」

俺は、子どもにさとすように、ゆっくりとした口調《くちょう》で答えた。

「俺には、子どもが——2人いる」

「……ソレが、アナタの答えデスか？」

声が少し喜びをふくんだ明るいものに聞こえたのは、気のせいではないだろう。

「そうだ」とたしかに答えてやると、それに対する返事はない。これで、わかってもらえただろうか。俺は父親として、おまえも自分の「子ども」だと認《みと》めるということを。

だからもうバカな真似《まね》はやめるんだ、と続けようとしたとき、黒いスピーカーが重そうに震《ふる》えた。

「不正解デス」

思わぬ返答に、俺は弾《はじ》かれたように立ち上がっていた。

「なぜだ！　俺には、妻との間に娘が1人と、ほかに洋介、おまえがいる。それ以外に子どもはいない。もうウソはついてない。これが本当のことだ！」

スピーカーのむこうで、笑《わら》う気配《けはい》がした。正確には、笑いをこらえようとして失敗したような息づかいが聞こえたのだった。

哀《あわ》れむように、さげすむように、硬質《こうしつ》な声が密室の空気を渡《わた》る。

「いいえ。アナタに、子どもは、一人もイナイ。それが、正しい答えデス」

一瞬、思考が完全にストップする。俺に、子どもが、いない？　一人も？　バカな……いったい、何を言っているんだ？

「ワタシのことを、洋介だと思ったんデスね。残念ながら、違いマス。そもそもアナタに息子はイマセン」

「そんなはずはない！　俺には、妻以外の女性との間に——」

「ソレは、その女性が、アナタからお金をだまし取るタメに作った話デス。気づかなかったんですカ？　本当に、おめでたい人ですネ」

あざ笑うような最後の一言に、がつんと頭を殴《なぐ》られたような気がした。足もとの床《ゆか》が不意に沼地《ぬまち》になったように、体が揺《ゆ》らぐ。

そこで、はっとする。そうだ、娘は——俺と妻の間に生まれた娘は、どうなる。

「娘は、俺の子どもだろう！」

天井付近のスピーカーに向かって、気づけば俺は、すがるような声を上げていた。情《なさ》けないと思ったが、演技《えんぎ》でもカバーしきれないくらいに、俺は混乱《こんらん》していた。

そんな俺を、姿《すがた》なき犯人がまたあざ笑う。このときを——俺に真実を突《つ》きつける瞬間を、待ちわびていたかのように。俺を現実から地獄《じごく》へ叩《たた》き落《お》とす準備《じゅんび》はできていたのだと、優越感《ゆうえつかん》を隠《かく》そうともせずに。

「アナタの娘は、アナタの子どもじゃナイのよ。理解できるでショウ？　妻ではない女性に想いを寄せたコトがある、アナタなら」

「まさか——」

とっさにつぶやいてから、愕然《がくぜん》とする。

「アナタの娘は、アナタの子どもじゃナイのよ」と、そう言った声の既視感《きしかん》。思えば「アナタ」と俺を呼《よ》ぶ声も、機械的なフィルターをはずせば、行き着くところはひとつではないか。

「どうして……」

不毛《ふもう》なことを聞いた、と思った。案《あん》の定《じょう》、声が勝《か》ち誇《ほこ》ったものに変わる。もう、変声機を使うことも、やめてしまっている。

「妻がありながら、妻ではない女性を愛したアナタと同じに決まってるじゃない。わたしも、夫ではない男性を愛していたのよ。理解できるでしょ？　ねぇ、あなた？」

ズブズブと、体が足もとから、見えない沼に沈《しず》んでゆく気がした。ガクリと膝《ひざ》をついた俺は、さぞや情《なさ》けない男に見えたことだろう。

「あなたが『洋介』なんていう、存在してもいない人間を犯人だと思って話しかけている声も録音できたし、あなたは、もう必要ないわ。だから、ここで、サヨウナラ」

プシュウと、天井から奇妙な音が聞こえてきた。職業柄、一度聞いたセリフや音は忘《わす》れない。

悲しいほどに予想どおり、顔を上げた俺の頬を、死を告げる白い霧がなでた。


（作　桃戸ハル、橘つばさ）

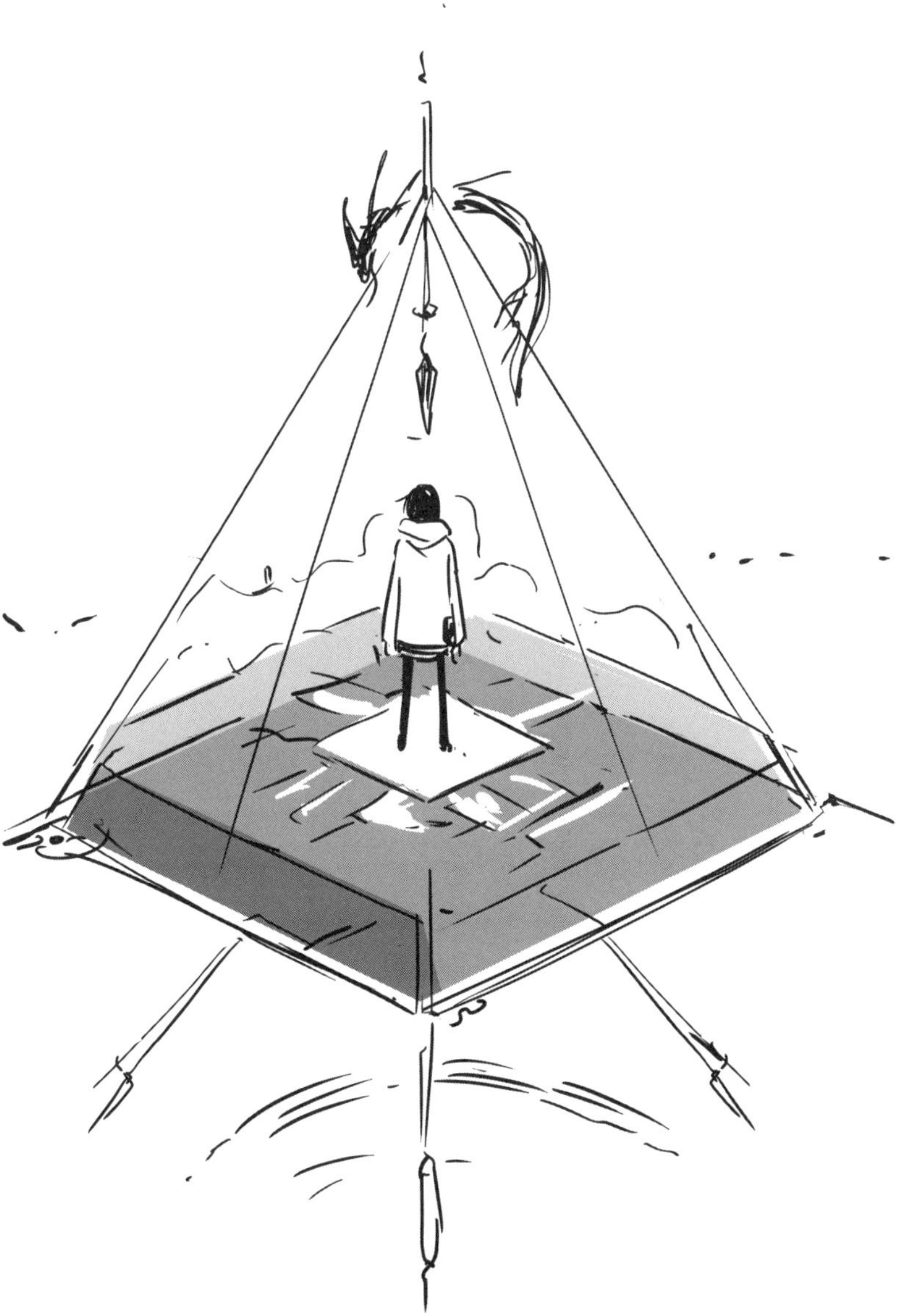

使えない部下

その日、ホテルのパーティー会場では、にぎやかな立食《りっしょく》パーティーが開かれていた。さまざまな会社の経営者層《けいえいしゃそう》が集まる懇親会《こんしんかい》である。新たなビジネスパートナーを見つけようとする者、ライバル会社の新規《しんき》事業について探《さぐ》りを入れる者……。まさに、右手で握手《あくしゅ》をしながら左手にはナイフを握《にぎ》って互《たが》いに突《つ》きつけ合うといった、談笑《だんしょう》と腹《はら》の探り合いの場だった。

その会場の一角で、2人の男が、グラスを手に向かい合っている。

「我《わ》が社《しゃ》が御社《おんしゃ》に、売り上げでなかなか勝てないのは、社員の質《しつ》の違《ちが》いでしょうな」

A社の佐藤取締役《とりしまりやく》が、ライバルであるB社の鈴木取締役に、うらやましそうな目を向けた。

「我々《われわれ》経営陣が、いくら高い目標を掲《かか》げて指示を出しても、社員がそれをなかなか理解できず、実現できないことが多々あるんですよ」

B社の鈴木取締役は、「そんなことはないでしょう」と、笑いながらワイングラスを傾《かたむ》けた。

「佐藤さんのところの社員の方々は、みなさん、とても優秀《ゆうしゅう》に見えますがね。うちのほうが業績がいいのは、たまたまですよ」

「いやいや、何をおっしゃいますか」

今度は佐藤取締役が、ビールグラスを傾《かたむ》ける。

「とくにうちの若い社員は、指示待ちどころか、指示された簡単《かんたん》なこともできない、使えない部下ばかりですよ。『世代の違い』ってやつなんですかねぇ」

「最近の若者とは価値観《かちかん》がどうにも合わなくて、我々もとまどうことが多いですよ。入社して1ヵ月も経《た》たないうちに『仕事がつまらないから辞《や》める』なんて言いだすし、欠勤《けっきん》の連絡《れんらく》も、当日メールでくるし……そのメールも、上司宛《あ》てだというのに、ちょろちょろっとメモみたいなのが1、2行だけらしいですからね」

「ほんと、まったくですよ。なのに、ちょっと注意しようものなら、なんとかハラスメントだのなんだのって」

「いやぁ、いくら我々のような古い人間が汗《あせ》をかいたところで、使える人材が部下にいないと、仕事が回りませんな」

鈴木取締役がそう言って、佐藤取締役が苦々しげな笑みを返す。

そのとき、2人のそばをA社の若者が通りかかった。昨年の春に入社した社員で、まだ学生にさえ見える。このパーティには、若い社員も、雑用係として参加していた。その彼に、佐藤取締役は声をかけた。

「おい、きみ。たしか、田中くんだったか」

「は、はい」

「すまんが、こちらの鈴木取締役と私のために、サラダをとってきてもらえないか」

「か、かしこまりました！」

若手社員の田中は、腰《こし》を90度に折る礼をして、料理のあるほうへ駆《か》けていった。その背中《せなか》を不安げに見送る佐藤取締役に、鈴木取締役が感嘆《かんたん》のまなざしを向ける。

「さすが、佐藤さん。あれだけ若い社員の顔と名前を覚えてらっしゃるとは……私には真似《まね》できませんよ」

「いえ、そんなたいしたことでは……。できの悪い部下のことは、イヤでも覚えてしまうものです」

佐藤取締役はそう言って苦笑《くしょう》し、グラスに残っていたビールを飲《の》み干《ほ》した。

「そういえば、御社が始められた新サービスのことなんですがね……」

応じる鈴木取締役もワインを飲み干し、こうして2人はビジネスの話に入っていった。

若手社員の田中が、お皿《さら》にたっぷりのサラダを盛《も》りつけて戻《もど》ってきたのは、それから小《こ》一時間も経った――佐藤取締役が、田中にサラダをとってくるよう頼《たの》んだことさえ、すっかり忘《わす》れたころだった。

山と盛られた新鮮《しんせん》な野菜《やさい》を皿からこぼしそうになりながら、田中はやや興奮気味《こうふんぎみ》に、佐藤取締役に言った。

「佐藤取締役、ちょっと聞いてください！　取締役に言われてサラダをとりにいこうとしたら、ちょうど、そばにいた人が釣《つ》りの話をしてたんです。僕も趣味《しゅみ》で釣りをやるものですから、どの釣り場がいいとか、ルアーを使うならこのメーカーがいいとか、いろいろ盛り上がって……それで名刺《めいし》を交換《こうかん》したら、その人、タカハシ製作所《せいさくしょ》の高橋社長だったんです！　しかも、仕事のほうにも興味をもってもらえて、さっそく我が社の新製品を使いたいと言ってくださったんですよ。なので、取締役からもご挨拶《あいさつ》いただけませんか？　もし、これがうまくいけば、億《おく》単位の受注につながるかもしれません!!」

　横でそれを聞いていた鈴木取締役が、ほう、と感心したように声をもらした。が、田中から報告を受けた佐藤取締役は、明らかにムッとした様子で眉間《みけん》にシワを寄せ、こう言った。

「田中くん……私がきみにサラダをとってくるよう頼んだのは、もう1時間も前じゃないか。それがこんなに遅《おそ》くなったんだから、まずは詫《わ》びの言葉が出てくるべきじゃないかね？　まったく、本当に使えないな、きみは」

　田中が不満そうな表情になった。しかし佐藤取締役は、そのことにも、自分の手の中のグラスがカラになっていることにも、まるで気づいていなかった。

「申《もう》し訳《わけ》ありません、鈴木取締役。このとおり、我が社の社員は本当に使えない者ばかりで、お恥《は》ずかしい限りです。まったく、優秀な人材ぞろいの御社がうらやましい」


（作　桃戸ハル、橘つばさ）

別れ

アーニャンが死んでからというもの、野々花《ののか》は泣いてばかりいる。

7年前。その猫《ねこ》は、ショッピングセンターのペットショップのガラスケースの中で、ふわふわのタオルの上に丸まって眠《ねむ》っていた。小さな灰色《はいいろ》の身体《からだ》が、息遣《いきづか》いに合わせてかすかに波打つのを、野々花は息を潜《ひそ》めて見ていた。

そして、突然《とつぜん》パッと目を見開いたその猫が、野々花を見て、「ニャー」ではなく、「アー」と甘《あま》えた声で鳴いた瞬間《しゅんかん》、野々花はひとめぼれをしたのだ。

アーニャン――。

勝手に名前をつけ、それからは、そのショッピングセンターに行くたびに、ガラスケースの前をテコでも離《はな》れないという作戦に出た。そして、8歳《さい》の誕生日《たんじょうび》、ついに両親を根負《こんま》けさせて手に入れた最愛の猫。

まんまるな顔に、まんまるの瞳《ひとみ》、可愛《かわい》く折れ曲がった耳（スコティッシュフォールドという品種だった）、寂《さび》しがり屋で甘《あま》えん坊《ぼう》の性格。

家にやって来てから、昨日突然《とつぜん》死んでしまうまでの7年間、アーニャンはいつも野々花の身体のどこかにまとわりついていた。いや、野々花がアーニャンにまとわりついていたのかもしれないが、ともかく一人っ子の野々花にとって、アーニャンは妹のような存在《そんざい》であり、守るべき実の娘《むすめ》みたいな存在でもあった。

野々花はアーニャンの死から1週間、ただ泣《な》き暮《く》らした。

「ただいま」と玄関《げんかん》のドアを開けると、どこからともなくテテテッと現れ、野々花の足にからだを擦《す》り寄《よ》せるアーニャン。ベッドに入るといつの間にか隣《となり》に滑《すべ》り込《こ》んで来て、野々花より先にスースーと寝息《ねいき》をたてて眠《ねむ》ってしまうアーニャン。そのアーニャンが、今はいない。寒い季節だから、余計に強く不在を感じた。なにしろこの7年、アーニャンはずっと寒がりな野々花の天然の湯たんぽだったから。

10日が経《た》ち、さすがに学校には登校するようになっていたが、野々花の頬《ほお》はこけ、顔色は青白く、髪《かみ》はバサバサ。授業中も、休み時間も、心ここに在《あ》らずという状態で、周りが見ていられないほどに憔悴《しょうすい》しきっている。

先生や友だちは腫《は》れ物《もの》に触《さわ》るように野々花を気《き》遣《づか》い、元気づけの言葉や気晴らしになるような話題を振《ふ》った。

しかしそんな状態、いや、それよりさらに悪化した状態がさらに2週間も続くと、友だちは、しだいに野々花から距離《きょり》を置くようになった。

放課後、見かねて担任《たんにん》が職員室に野々花を呼《よ》び出《だ》し、わかったようなことを言った。

「あのね市村《いちむら》さん、あなたの悲しみは痛《いた》いほどわかるわ。でも、そろそろ立ち直らないとダメ。あなたの今のそんな姿を見たら、誰より亡くなった猫が悲しむんじゃない？」

黙《だま》ってはいたが、野々花の心は叫《さけ》んでいた。

——なにをわかってるの？　わかるはずなんてない！　死んだのは、ただの猫なんかじゃない！　わたしの妹、わたしの娘が死んだのよ！　自分の娘が死んだなら、みんな平気でいられるの？

その日の帰り道のこと。担任の呼び出しのせいで、いつもより学校を出るのが遅《おそ》くなってしまい、野々花は、夕方の帰宅《きたく》ラッシュに巻《ま》き込《こ》まれてしまった。いつもはガラガラに空《す》いているバスが、停留所に停《と》まるごとにぎゅうぎゅうに混《こ》んでくる。幸《さいわ》い野々花は、始発のバス停から乗車するので、後ろのほうの2人がけの座席《ざせき》の窓側《まどがわ》に座《すわ》れている。

やがて、流れていく車窓《しゃそう》の風景をぼうっと眺《なが》めていた野々花は、不思議《ふしぎ》なことに気がついた。

誰も野々花の隣《となり》に腰《こし》を下ろさないのだ。

運転手が停留所ごとに、「あと一歩、中へつめてください」とアナウンスするくらいの混みようなのに、どうしてだろう？

誰《だれ》かに隣に座ってほしいわけではないが、しだいに野々花は不安になってくる。このところ生活が乱《みだ》れているから、身体《からだ》から変な臭《にお》いでもしているのではないか。それとも、悲しみのあまり恐《おそ》ろしい形相《ぎょうそう》をしてるのではないか。野々花は、自分の匂《にお》いをさりげなくかいでみたり、窓《まど》に映《うつ》る自分の顔をさりげなく確認《かくにん》してみたりする。別にふつうな気がするけど……。

ところが翌日も変なことが起きた。駅前を歩いていると、化粧品《けしょうひん》メーカーのジャンパーを着た女の人が近づいてきて、シャンプーのサンプルとチラシをくれたのだが、なぜかその女の人が野々花の後ろをちらっと見て、サンプルとチラシをもう一組差し出したのだ。

「お母さんの分も、どうぞ!」

女の人は言った。

「えっ? お母さん?」

その翌々日は、もっと変なことが起きた。帰宅時に突然の大雨に降《ふ》られ、しかたがないので目にとまった喫茶店《きっさてん》に入って席に着いたところ、やって来た店員が、野々花のテーブルに水のグラスとおしぼりを2つずつ置き、空《あ》いている野々花の隣の席に向かって、「ご注文がお決まりになりましたら、お声かけ下さい」と言ったのだ。これには、さすがの野々花も悪寒《おかん》を覚え、ぶるぶると震《ふる》え出《だ》した。


「おそらく心身がとても弱っていらっしゃるために、低級霊《れい》がとりついてしまったんだと思います」

『夢見愛子《ゆめみあいこ》 霊媒《れいばい》の部屋』という表札を出した、古いマンションの一室で、野々花の父親から一通り事情を聞いた優《やさ》しそうな女性——夢見先生は、野々花と野々花の父親にそう言った。野々花の顔は蒼白《そうはく》だ。なにしろ、あれから周りで似《に》たようなことが立て続けに起こり、恐怖《きょうふ》ですっかり神経が参ってしまっているのだ。

「野々花ちゃん、お祓《はら》いをしましょう。大丈夫《だいじょうぶ》、すぐに霊は退散《たいさん》すると思うわ」

夢見先生によるお祓いの儀式《ぎしき》が始まった。先生が野々花の目の前に立ち、静かに呪文《じゅもん》を唱え出す。野々花はギュッと目を閉《と》じる。耳から聞こえる先生の声がしだいに大きくなってくる。そっと薄目《うすめ》を開けてみると、先生の体が激《はげ》しく痙攣《けいれん》し始めている。野々花はぞっとする。と、先生が、突然カッと目を見開いて、大声で叫《さけ》んだ。

「見える！　見えるわ！　50歳くらいの女よ……とても、とても悲しそうな顔……」

野々花も思わず叫んでしまう。

「怖《こわ》い怖い！　助けて！　早く追《お》い祓《はら》ってください！　怖い！」

夢見先生の呪文を唱える声が、さらに大きくなる。意味不明の言葉を叫んで頭を上下左右に揺《ゆ》らす。

「ハーッ!!」

夢見先生は最後にそう叫んで、突然上体を前方に折って床《ゆか》に手をつき、激しく肩《かた》で息をついた。

少しして先生は、ゆっくりと上体を起こし、呼吸を整えながら微笑《ほほえ》んだ。

「終わったわ。もう大丈夫。とりついていた霊は去りました。もう泣いてばかりいちゃダメ。二度ととりつかれたりしないように、これからは心身を強く、しっかりと保つのよ」

「本当にありがとうございました」

野々花と父親が、何度もお礼を言いながらマンションを出て行くのを見送って、夢見先生はドアを閉めた。

「ふうっ、大げさな演技《えんぎ》をしたから、疲《つか》れちゃった。ね、なんであの娘《こ》にとりついたの？」

夢見先生は、鏡の中の自分に向かってそう問いかけた。

「緊急手段《きんきゅうしゅだん》よ。あのままじゃあの娘、いつまでも忘《わす》れることができなくて、ダメになっちゃうでしょ？」

「もうあなたのこと、想い出さないかしら」

「大丈夫。いつまでもクヨクヨしてたら、またとりつかれる、って脅《おど》しておいてくれたでしょ?」

「それにしても、あなたがこんな中年のおばさんじゃなく、可愛い女の子の姿《すがた》をしていたら、野々花ちゃんもすぐに気づいてくれたわよね?」

「気づいてほしいという気持ちもあるけど……。でも、野々花はわたしのことを、妹とか娘のような存在って思い込んでいたから、きっと気づかなかったと思うわ。猫の7歳は人間の50歳くらい。わたしのほうこそ、ずっと野々花を娘だと思っていたのよ」

「あなたが人間だと50歳くらいだったとしても、野々花ちゃんにとっては、やっぱり娘なのよ。親より早く死んでしまうなんて、まったく親不孝《おやふこう》な娘ね」

鏡の中の夢見先生は、人懐《ひとなつ》こい手つきで自分の耳をなでた後、「ごめん」と言うかのように、「アー」と鳴いた。


(作　ハルノユウキ)

隕石《いんせき》の落下

「いよいよ今日が、地球最後の日ね」

朝、私は夫に向かって言った。

「いろいろあったけど、最後は夫婦二人きりね。最後に何をしたい？」

私はおだやかな声で続けた。

「『何を』って、行ってくるけど？」

夫はいつものようにネクタイを締《し》め、そう言った。

「え？　どこに？」

「『どこに』って、決まってるだろ。仕事だよ」

「はぁ？　あなたバカじゃない!?　今日の夜8時に隕石《いんせき》が落ちてきて、地球は……人類は滅亡《めつぼう》するのよ!!」

「だって、出かけたい場所も、したいことも特にないし、仕事がたまっているから」

そう言って、夫は玄関《げんかん》を出て行こうとする。

私は、それ以上、声をかけられなかった。

この人は、最後まで、日常を通す人なんだ――。去って行く夫の背中《せなか》を見ながら、玄関で立ちつくす私。

神様に祈《いの》りを捧《ささ》げても、運命なんて変えられそうもない。

「まさか、最後に一人ぽっちなの？」

私は家族と一緒に最後の瞬間《しゅんかん》を迎《むか》えたかった。

あと、親しい友だちに、お礼の言葉なんかも言いたかった。

しかし、現実はまったく違《ちが》った。

我《わ》が家《や》の一人息子は、「恋人と最後の夜を過ごしたい」と言って、昨日の晩《ばん》、家を出ていった。

回線がパンクして電話がつながらず、実家とも友人とも連絡《れんらく》がとれない。

道路は渋滞《じゅうたい》しているので、遠くまではいけないだろう。最後に私は一人。一人で生まれてきて、一人で死ぬんだ。

そんなものなんだと、肩《かた》を落とした。
しょげた気持ちで死んでしまうのもなんだか頭にくる。
だから、一番好きな映画を見ながら、お酒を飲むことにした。
だって、他になにかある？　しかたないじゃない？

私の夫とは、まったく違うタイプの主人公。
映画の中のヒロインは、いつも主人公に抱《だ》きしめられている。
現実の私は、なんで一人なの？
グラスをかたむけるピッチがあがる。

そして映画を見ている最中、私は知らないうちに眠《ねむ》ってしまっていた。

「うそ！　私、寝《ね》てしまったの？　こんな大事なときに」
跳《は》ね起《お》きる。私は大馬鹿者だ。最後の最後まで。

まだ生きていることだけが救いだった。

「時間は？　今、何時なの？」

私は部屋の電気をつけて、時計を見る。

20時を過ぎている。

「どうなっているの？　隕石《いんせき》は？」

画面をテレビ放送に切《き》り替《か》えた。

町で大勢《おおぜい》の人たちが喜び抱《だ》き合《あ》っている姿《すがた》が中継《ちゅうけい》されている。ニュースキャスターが興奮気味《こうふんぎみ》に話している。いや、叫《さけ》んでいると言ったほうがよいかもしれない。

「まさに奇跡《きせき》です。奇跡が起きました!!　まさか隕石が消滅するなんて！　おそらく、隕石の成分が地球の大気圏《たいきけん》突破《とっぱ》に耐《た》えうるものではなかったのでしょう!!」

私も両手を上げて叫んだ。

「やったわー！　ウソみたい！　地球が助かった！　私も生きてる!!」

自分自身びっくりするほど飛《と》び跳《は》ねて笑い転げた。しかし、一緒《いっしょ》に喜ぶ相手がおらず、余計《よけい》にさみしく、死にたい気持ちになった。せっかく助かったというのに……。

そのとき、ガチャっとドアが開く音がした。

「ただいま」

いつも通り、夫が帰ってきたのだ。

8時過ぎに帰宅《きたく》するのが夫の日課だ。

「あなた！　私たち生き残ったのよ！　やったわね！　ね！　よかった！　よかったよ！　隕《いん》石《せき》が落ちなかったの！」

私は夫に駆《か》け寄《よ》り、抱《だ》きついた。

すると夫は、いつも通りネクタイを外しながら、こう言った。

「だと思った。やっぱり会社に行ってよかったよ。そんなことより、そんなにくっつかれると暑いから離《はな》れてくれないか。晩《ばん》ご飯《はん》できてる？」

私の中で何かが切れた。

「この野《や》郎《ろう》！」

私は、夫の顔を思いきり殴《なぐ》りつけた。

夫は白目をむいて、ゆっくりと、そして棒《ぼう》のように倒《たお》れた。

受け身をとれず、夫は地面に頭を打ちつけた。
隕石は落ちなかったが、夫の頭には地球がぶつかった。

（作　井口貴史）

若《わか》返《がえ》り

一生懸命《いっしょうけんめい》に働いているうちに、いつの間にか男の年齢《ねんれい》は、50歳《さい》に近くなっていた。

自分ではまだ若いと思っていたが、気がつくと、会社の中では、ほとんどの社員が自分より年齢が下になっている。それは、実年齢のことだけではなく、見た目についても言える。

20代、30代の社員は、みんなスリムだし、肌《はだ》つやもよく、髪《かみ》のボリュームもある。それに比べて自分はどうか……。

洗面台《せんめんだい》の鏡で身体《からだ》を横から見ると、お腹《なか》だけがぽっこり前に飛び出ている。肌《はだ》はかさついて、目元に細かいシワができている。髪も薄《うす》く、白髪《しらが》が日に日に増えている気がする。

——俺も、老《ふ》けたな……。

男は、そう自覚せずにはいられなかった。

疲《つか》れた顔をかかえて、ひとりオフィスを出る。

「じゃ、お疲《つか》れ……」

男は、これまで仕事一筋《ひとすじ》でやってきた。課長に昇進《しょうしん》し、年齢相応のポストにはついている自負がある。仕事上での不安はない。20代前半で結婚《けっこん》し、2人の子どもも成長し、高校生と中学生になっていた。そこそこ満足のいく人生である。

しかし、歳《とし》をとるのは嫌《いや》だった。これからますます老《ふ》けていくかと思うと、男は憂鬱《ゆううつ》になった。さらにお腹が出て、シワやシミが増えて、薄毛になるのか、白髪頭になるのか……。

——あぁ、若い身体に戻《もど》れれば、もっと人生を楽しめるだろうに……。

「若返りの薬って、ないのかなぁ……」

男は、思わずそう声に出してつぶやいた。すると、

「ありますよ」

背後《はいご》で女の声がした。驚《おどろ》いて振《ふ》り返って見ると、全身黒ずくめの服の、背《せ》の高い女が立っていた。

歳の頃《ころ》は30くらいだろうか。色白できれいな顔立ちをしているが、女性的な色気がまるでなかった。丸メガネの奥《おく》でキツネのような目が不気味《ぶきみ》に笑っていた。

「若返りの薬、ありますよ」

女は、もう一度、そう言った。

「何を言っているんだ？　そんな薬、あるわけないじゃないか」

「ウソだと思うなら、ついてきてください……」

女はそう言うと、男をうながすように歩きはじめた。

男は、どうするか迷《まよ》った。しかし、話を聞くだけならタダなんだから、詳《くわ》しい話を聞いてから考えようと思った。若返りの薬と言って、何を出してくるのか、興味もあった。

男は、女のあとについて歩き出した。

女は、繁華街を貫《つらぬ》く大通り沿《ぞ》いの歩道をしばらく行くと、ビルとビルの間の細い路地《ろじ》に入った。自転車も通れないほど細い路地だった。

「こんなところに、道があったのか……」

「こちらです」

そう案内し、女はビルの地下につづく階段《かいだん》を降《お》りていった。それに続いて男も階段を降り、地下の部屋に入った。

そこは、2畳《じょう》ほどの小さな部屋だった。

白いテーブルが1つと、向かい合わせのイスが2脚《きゃく》あるだけだ。白いテーブルの中央には、白い丸皿があって、そこにカプセル錠《じょう》が1粒《つぶ》のっている。

男は女と向かい合わせに座《すわ》り、錠剤《じょうざい》を見つめた。

「これが若返りの薬？」

「はい」

女は、軽く微笑《ほほえ》んだ。見たところ、ただのカプセル錠だ。

「ほんとに、これが？」

「はい」

「ただの、風邪薬《かぜぐすり》じゃないの？」

「若返りの薬です」

「で？　これを飲めばいいわけ？」

「はい。1粒飲んで1晩《ばん》たつと、1歳若返ります」

「そんな簡単《かんたん》に？」

男は女の顔をのぞきこんだ。が、女の表情からは、何の感情も読み取れず、ウソをついているのかどうかもわからない。

「で、いくらなの？」

「10万円です」

「ふざけるな！」

男は、つい腹《はら》が立って大声をあげてしまった。いくらなんでも高すぎる。男は、席を立って、部屋を出ようとした。すると、女は初めてあわてた様子を見せ、こう言った。

「必ず1歳若返ります。必ず、です。みなさん、本当に若返ったとおっしゃって、必ずまた買いにいらっしゃいます」

男は、振《ふ》り返《かえ》った。

「これを買って、若返ったやつがいるのか？」

「いる、というか、全員若返ってます」

男のなかに、なんとしてでも若返りたいという気持ちが急に高まった。もうこれ以上老けるのは嫌だ。若くなりたい。

一度くらいなら試してみてもいいかもしれない。

「……なら、試してみよう。1粒、いただこう」

「ありがとうございます」

女は、深々とお辞儀《じぎ》をすると、錠剤を白い小さな紙袋《かみぶくろ》に入れて手渡《てわた》した。その紙袋には、電話番号だけが印字されていた。その日、男は、たまたま多くの現金を持っていたので、その場で支払《しはら》いをすませた。

最後に、女はこう付け加えた。

「大切なことを説明しておりませんでした。この薬で、お客様は必ず1歳若返ります。それは間違《まちが》いありません。ただし、代わりにあなたの周《まわ》りの誰《だれ》かが1歳《さい》だけ歳《とし》を取ります」

「周りというのは、誰なんだ？」

「それは、人によって違ってきます」

そう言って、女は小さく笑った。

しかし、男にとっては、この薬が本当に効くのかどうかが問題だった。

その夜、男は自宅に帰ると、さっそく錠剤を口に入れ、そのまま横になった。

翌朝《よくあさ》、洗面台《せんめんだい》の鏡の前に立った男は、自分の顔をのぞきこんだ。若くなったといえば、若くなったような気がする。

——少しお腹が引《ひ》っ込《こ》んだかな……。目元のシワも少なくなった気がする。髪の量も増えてるような……。たしかに、効果はあるのかもしれない。しかし、1歳程度では、こんなもんだろう。もう何粒か飲んでみたほうがいいかもしれない。

そんなことを考えていると、

「おはよう。昨日、遅《おそ》かったの？　先に寝ちゃってゴメンね」

と言って、妻が洗面所に入ってきた。

「ああ、大丈夫《だいじょうぶ》だよ」

妻は、夫の隣《となり》に立ち、鏡の中をのぞき込んだ。頬《ほお》や額《ひたい》を手でさわり、肌の調子を確認《かくにん》し、それから化粧《けしょう》をはじめた。

男は、歯磨《はみが》きをしながら、そんな妻の姿《すがた》をちらちらと見た。

――妻も、若返ってくれたらいいのになぁ……。

その夜、会社が終わると、男は例のビルの地下へと直行した。女は、昨夜と同じ、あのキツネ目の笑いを見せていた。

「効果はいかがでしたか？」

「はっきりはしないが、少し若くなった気がする」

「そうですか」

「それで、あと10錠もらえないか」

「はい」

女は、特に驚きもせずに答え、白い袋を渡《わた》してくれた。袋の中を確認すると、すでに10錠が入っていた。背筋《せすじ》がぞっとした。

――女は、はじめから俺が10錠買うとわかっていたのだろうか……。いや、きっと、みんなそうなんだろう。最初に1錠買って効果を確認すると、次にまとめて10錠買う。みんな、10歳は若返りたいと思っているのだ。

男は、そんなことを想像しながら、１００万円の束《たば》をテーブルに置いた。決して安い値段《ねだん》ではない。むしろ高い値段であったが、「若さ」がお金で買えるなら、それは「高い買い物」ではない。

「ありがとうございました」

女は深くおじぎして、男を送り出した。

男は、その夜のうちに、すべて飲むつもりだった。

――いきなり10歳も若くなったら、周囲から変に思われるかもしれない。それでも早く若くなりたかった。10歳若くなれば、30代の頃の自分の身体を取《と》り戻《もど》せる。若い女性たちだって、俺を見る目が変わるだろう。

家に帰ると、台所のテーブルに10錠の若返りの薬を並《なら》べ、コップに水をくんだ。そして、1粒、また1粒と口にふくみ、水で胃《い》の中に流し込んだ。

「ふぅ……。これでいい」

どれだけ若くなれるのかが楽しみでしかたなかった。若くなった自分の姿《すがた》を想像しつつ眠《ねむ》りについた。

翌朝、男は洗面台の鏡の前に立った。

「ウソだろ……」

思わず口をついた。

その姿は、昨日までとまったく何も変わっていなかったのだ。突《つ》き出《で》たお腹、目元のシワ、白髪まじりの薄毛……、それらは、そのままだった。

――くそっ、やっぱり、だまされた……。

妻が起きてきた。

「おはよう。昨日も遅かったのね」

「ああ！」

男は、動揺《どうよう》を隠《かく》すように洗面所を出た。

その夜、会社が終わると、また、あのビルの一室を訪《おとず》れた。しかし、ドアには「入居者募集《ぼしゅう》中」の貼《は》り紙が貼られ、ドアにはカギがかかっていた。やはり、だまされたのだろうか？　そのとき、

「そうだ！」

錠剤が入っていた白い袋を思い出した。あそこに、電話番号が印字されていたはずだ。カバンから袋を取り出すと、番号をプッシュした。すぐに女の声がした。

「どうされましたか？」

「おまえ、だましたな。10錠も飲んだのに、ぜんぜん若返らないじゃないか!?」

すると、少し間があって、女はこう言った。

「奥様《おくさま》も10錠買われて飲んだからでしょうね」

「妻が!?」

男は、絶句した。

「あなたは10歳若返りましたが、奥様も薬を飲んで10歳若返った分、あなたが代わりに10歳老けて、元に戻ってしまったということです」

「ウソをつくな!?　妻だって、若返ってなんかいなかったぞ」

女は、また少し間をあけて、こう言った。

「あなたが10歳若返った分、奥様が代わりに10歳老けたということですよ。では……。プーッ、プーッ、……」

そこで電話は切れた。

「おい、待て！」

いくらリダイヤルしても、もうその番号にはつながらなかった。


（作　沢辺有司）

誰《だれ》かの足跡《あしあと》

彼は毎日、同じ服を着て、髪《かみ》も伸《の》び放題《ほうだい》。長いこと風呂《ふろ》にも入っていないから、かなり汗《あせ》くさい。だが、そんなことを気にする人は、一人もいない。

数十年前のある朝、世界は突然《とつぜん》、目を焼くような閃光《せんこう》に包まれた。光がおさまると、彼は一人になっていた。この世界中から、彼以外の人間と、目につくような大きな動物がすべて消えてしまったのだ。

閃光の直後は、車やオートバイが建物にぶつかり炎上《えんじょう》したが、やがて雨が炎《ほのお》を消した。水道も電気も止まったので、彼は、スーパーマーケットや倉庫に侵入《しんにゅう》しては、ボトル入りのミネラルウォーターを飲み、缶詰《かんづめ》の食糧《しょくりょう》を口にするようになった。

どんなにきれいなビルや大邸宅《だいていたく》も、ほこりにまみれ、そのほこりも雨に洗《あら》われ、そのうち蔓《つる》草《くさ》に覆《おお》われるようになった。彼は、なるべく安全そうに見える家に身を寄せた。手の届《とど》く範囲《はんい》で掃除《そうじ》をし、なんとか寝泊《ねと》まりし、その近所で水や食糧を探《さが》した。そして、そこでの生活に飽《あ》きると、また他の町へ行くのだった。

あの閃光以来、彼は誰《だれ》とも出会っていない。無人の街を移動するだけの日々。大声で歌を歌っても、どんな下品な言葉を叫《さけ》んでも、誰にも怒られない。街の中で暴れても、道路の真ん中で踊《おど》っても、ただ疲《つか》れがたまるだけだった。

どこに住むのも自由だが、どの街も同じように見える。ときには海辺に行ってみたり、森や林の中を散策《さんさく》したりもしたが、寂《さび》しさがいよいよ深まるため、また街に戻《もど》った。

心のバランスを保とうと、書店や図書館で本をめくってみた。図書館の匂《にお》いは変わらなかったが、書店の匂いはだんだん図書館と同じようになっていった。新しい本なんて、もう永遠に出版されないのだ。どの本も古本だ。

あるとき、彼は別の町に移動し、住めそうな家を探《さが》した。

「なんだ、この家は？　ここに誰かがいたのか？」

いかにも彼が好みそうな小さな家。開けられた缶詰《かんづめ》やボトルが散乱《さんらん》し、明らかに誰かが住んでいた形跡《けいせき》がある。ほこりも薄《うす》く積もっている程度だ。あの閃光のあと、誰かがここにいたに違《ちが》いない。

「俺が世界で最後の一人というわけじゃなかったんだ。俺は一人ぼっちじゃないんだ。よし、この人のあとを追うぞ。絶対、会ってみせる！」

空は晴れた。道に足跡が見つかった。それをたどって行くと、足跡の主《ぬし》がしゃがんだり、寝《ね》転《ころ》んだりした痕跡《こんせき》もある。彼の顔には笑《え》みが広がった。めざす方向はわかった。この足跡と痕跡を追っていこう。彼は元気よく歩きだした。

だが、彼は気づいていなかった。その足跡が、じつは彼自身が十年前につけたものだったということに……。


（作　千葉聡）

きれいすぎる人

その女の人は、小学校の近くの洋館に住んでいた。広い庭で、いつも白い手袋《てぶくろ》をはめて花の手入れをしている。その優《やさ》しく、しなやかな手つきは、まるで大きな白いチョウのように見えた。

その洋館には、その女の人しか住んでいないように見えた。お母さんは、こう言っていた。

「あの家の奥《おく》さんは、ずっと1人だから」

あの人は、「奥さん」なんだ。だったら、ご主人はどこにいるんだろう。子どもはいないのかなぁ。

春の昼さがり、奥さんは庭の草花に水をまいていた。僕が奥さんのほうに目をやったとき、「あっ」という声がし、水が僕の頬《ほお》にかかった。

「ごめんなさいね。タオルを持ってくるわね」

奥さんは、僕を家に招き入れてくれた。広い洋間。脚《あし》にまで彫刻《ちょうこく》が施《ほどこ》されている家具。湖を描《えが》いた絵。飾《かざ》り棚《だな》には青いお皿。外国の映画の中に入ったみたいだ。奥さんは紅茶《こうちゃ》とマドレーヌを出してくれた。

「どうぞゆっくり召《め》し上《あ》がれ」

奥さんが微笑《ほほえ》む。僕はコクッとうなずき、マドレーヌを3つもいただいた。

それからというもの、僕は小学校の帰りに、ときどき洋館に寄るようになった。僕は奥さんを「奥さん」と呼《よ》びたくなかった。ましてや、たいていの小学生が大人の女性に対してそう呼ぶように、「おばさん」だなんて言いたくなかった。

「すみません。僕、あなたをなんと呼べばいいですか？」

勇気を出して聞くと、奥さんは大笑いした。さんざん笑ったあとで、奥さんは笑《わら》い涙《なみだ》をふき、静かな顔になった。

「私の名前は、美佐子《みさこ》というの」

目の前で宝石箱《ほうせきばこ》を開けてくれたときのような、特別な声だった。それ以来、僕の憧《あこが》れの人は、「奥さん」から「美佐子さん」になった。「美佐子さん」って、いい響《ひび》きだ。「美佐子さん」ってつぶやくと、風に乗ってどこまでも飛んでいく紙飛行機を見送るときの気持ちになる。

5月も終わりの日曜日、お母さんがクッキーを焼いてくれた。

「これ、たくさん作っちゃったの。洋館の奥さんに届《とど》けてくれない？」

僕は洋館を訪ねた。

「あら、嬉《うれ》しいわ。おいしそうな匂《にお》いだこと」

「あ、うちのお母さん、間違《まちが》えてる！」

僕はクッキーに添《そ》えられたメモを取り上げた。

「お母さん、『チョコチップとシナモンはそれぞれ100個ずつあります』なんて書いてる。入ってるのは10個ずつなのに」

僕は軽く笑った。美佐子さんも笑ってくれると思っていた。だが、彼女は突然《とつぜん》、震《ふる》えだした。

「美佐子さん、どうしたんですか？」

「いえ、なんでもないの。ちょっと気分がすぐれなくて。少し横になってもいい？」

そのまま美佐子さんはソファに横たわった。僕は心配になったが、ただ美佐子さんを見守ることしかできなかった。しばらくすると美佐子さんは起き上がった。

「ごめんなさいね。もう大丈夫《だいじょうぶ》。私がなぜ具合《ぐあい》が悪くなったかというとね……。あなた、秘密は守れる？」

僕はうなずいた。

「今まで、誰《だれ》にも話したことはないけれど、私の昔の話を聞いてほしいの。まだ小学生のあなたに打ち明けるなんて、いけないことかもしれないけれど、あなたは優しい子だし、私のことを大切に思ってくれているから、話してみたくなってね……」

僕は美佐子さんの白い顔をじっと見つめた。美佐子さんはゆっくり口を開いた。

「じつは、私の夫は科学者で、タイムマシンの開発に成功したの。でも、研究で無理をしたせいで重い病気になり、『余命《よめい》はあとわずか。今の医療《いりょう》では治療法はない』と医者に宣告《せんこく》されたわ。でも、夫は考えた。『治療法は現段階《げんだんかい》では見つかっていないけど、医療の進歩は速いから、きっと10年後には見つかるはずだ。このタイムマシンで10年後に行って、病気を治《なお》してもらおう』ってね。夫はマシンに乗り、私はマシンの時間設定をして、時間旅行に出かける夫を見送った。夫はマシンと一緒《いっしょ》に消えたわ。彼が旅立ったのは、ちょうど10年前なの。そして、彼が旅立ってから5年後に、病気の特効薬《とっこうやく》が開発されたわ」

「じゃあ、ご主人と再会できるんですね。病気も治せるんですね！」

「それがね、違うの……。私がなにもかも台無しにしちゃったの。私、タイムマシンを『10年後へ移動』とセットするはずだったのに、間違《まちが》えて『100年後へ移動』にしてしまったの。あとで、夫を見送るときの記録動画を見て、間違いに気づいたわ。夫はタイムマシンごと移動したから、もう設定は直せない……」

美佐子さんの美しい顔は苦悩《くのう》でゆがんだ。ご主人が旅立ったとき、美佐子さんが20歳だったとしても、ご主人に再会できるのは美佐子さんが120歳のときになる。

「だからね、私はいつまでも、若くいなければならないの。若く、美しく。まだ若いままの主人を迎《むか》えるのにふさわしい妻であるために」

夕闇《ゆうやみ》の中、小雨《こさめ》は降《ふ》る。美佐子さんはうつむいたまま言った。

「なんで100年後にしてしまったのかしら。これが1000年後だったら、まだあきらめがついたのにね」

あのとき、まだ子どもだった僕に、美佐子さんが話してくれたことは、妄想《もうそう》だったのか、それとも冗談《じょうだん》だったのか。しかし、僕が大人になった今でも、美佐子さんはあの洋館に1人で住んでいる。
この前、車の窓《まど》から美佐子さんを見かけた。彼女はあの頃と変わらない姿《すがた》で美しく、庭の手入れをする白い手は、はばたく大きなチョウのように見えた。

（作　千葉聡）

叱《しか》れない親

繁華街《はんかがい》のはずれにあるバー「ジャック・トランス」。

その日は雨の夜で、店内にいる客は少なかった。

店主は退屈《たいくつ》しのぎにグラスを片《かた》っ端《ぱし》から磨《みが》きながら、カウンターの隅《すみ》にいる客を横目で見た。

この客は、来店してからずっと思いつめた表情で、なめるように水割《みずわ》りを飲んでいた。常連《じょうれん》ではなく、店主も初めて見る顔だった。

「お客さん……何か、悩《なや》みでも？」

バーで深刻《しんこく》そうな顔をして酒を飲んでいる一人客は、たいてい誰《だれ》にも打ち明けられない悩みを抱《かか》えているものだ。店主は、これも仕事のうちだと思って、そんな客の相談に乗るようにしている。

「え？」

客の男は、驚《おどろ》いて店主を見つめた。どうやら正解らしい。

店主は、優しい笑みを浮《う》かべて言った。

「もしよろしければ、お聞きしますよ。誰にも言えない悩みだからこそ、私みたいな、何の縁《えん》もゆかりもない赤の他人には話せるんじゃありませんか？　話すだけで案外《あんがい》スッキリするかもしれませんよ」

「……」

客の男は少し考えたが、店主の人懐《ひとなつ》っこい笑顔に気持ちがほぐれたのか、悩みを打ち明け始めた。

「……実は、娘《むすめ》のことなんです」

「娘さん？」

店主が見たところ、客の男は30代そこそこ。子どもがいたとしても、まだ幼《おさな》いだろう。

「子育てのことで？」

店主はたずねた。

「はい」

「娘さんはおいくつ？」

「6歳……と、4歳です」

「姉妹ですか」

「はい。家に帰って娘の顔を見るのが憂鬱《ゆううつ》で……」

重たいため息をつく客の男を見て、店主は不思議《ふしぎ》に思った。

「お客さん、その歳《とし》の頃《ころ》は、娘さんたちも可愛《かわい》い盛《さか》りじゃないの。なのに、顔を見るのも憂鬱だなんて……」

「そりゃ、笑顔《えがお》でも見せてくれれば可愛いでしょうけどね……どうせまた泣いてるんだろうと思ったら……」

「泣いている……？」

「ええ。上の娘がね……」

これ以上立ち入ってよいのか店主がとまどっていると、客の男は、グラスを傾《かたむ》けながら重い口調で続けた。

「このところずっとなんですよ。久しく上の娘の笑顔を見ていません。いつもいつも、つらそうに泣いてばかりで……」

初めの頃は、男の妻も驚《おどろ》いたのだという。それまで上の娘は我慢強《がまんづよ》い子どもだった。どんなにつらくても、人前で泣くことは、滅多《めった》になかった。

「いったいどうしたの？」

男の妻がたずねると、娘は泣きじゃくりながら言った。

「サキが……」

それは二つ年下の妹の名だ。

娘が言うには、妹が、「おねえちゃんのお洋服がほしい」としつこく言ってくるのだそうだ。

「……それが泣いた原因ですか？」

客の男は、うなずいた。

店主は少し拍子抜《ひょうしぬ》けした。男の重苦しい雰囲気《ふんいき》から、どんなに深い事情があるのだろうか、とあれこれ想像していたが、店主が思っていた以上にあまりにも些細《ささい》な理由だったからだ。

「まぁ、そういう年頃なんでしょう」

店主は、笑いながら続けた。真剣《しんけん》に悩んでいる男に失礼かとも思ったが、それ以上に「たいしたことではない」、と男に伝えたかったのだ。

「ずいぶんと昔の話ですが、私にも息子が2人いましてね。そのくらいの年の頃は、よくケンカをしたものです。下の子は、上の子のモノを欲しがるし、上の子は貸《か》すのを嫌《いや》がってケンカになる。よくあることです。でもね、ある時期を過ぎれば、自然とおさまるものですよ。逆《ぎゃく》に、『お下がりなんかゴメンだ』なんて言い出すくらいです」

「娘たちが成長すれば、解決するということですか？」

「ええ」

「ちゃんと成長してくれればいいんですが……」

男の表情は、晴れるどころか、先ほどよりも曇《くも》っている。

「……で、今はどうしているんです？」

話を切《き》り替《か》えるように店主はたずねた。

「どうとは……？」

「妹からおねだりされたあと、お姉ちゃんはどうしてるんですか？」

「……初めは無視《むし》したみたいです。『いくら甘《あま》えてきたって、絶対にあげない』って……けれども、そういうわけにもいかなくなってきて……」

「というと？」

「洋服をあげなかったら、その洋服がズタズタに引《ひ》き裂《さ》かれていたんです。上の子がお気に入りだった人形も、ぬいぐるみも、下の子は自分のものにならないと、腕《うで》をもいだり、首を切ったりして、バラバラにしてしまう」

「……」

それを聞いて、店主はしばし言葉を失った。

「それは……」

店主は、ようやく男の苦悩《くのう》の一端《いったん》がわかるような気がした。そして、言葉に窮《きゅう》しながらたずねた。

「それは、ちょっとひどいですね？　いくら自分のものにならないからって……叱《しか》ってもそうなんですか？」

「叱る？」

男は思わず鼻で笑って、あきらめたようにつぶやいた。

「叱ってもダメなんです」

「え？」

「僕も妻も、できることは、上の子に、『我慢しなさい』って言って聞かせるだけですよ。『お姉ちゃんなんだから』って」

「それはおかしい！」

店主は声を荒《あら》らげた。

「子どもは叱らなきゃいけません！　人のものを壊《こわ》すことはいけないことなんだって、悪いことなんだって、きちんと教えてあげないと！」

熱くなる店主を見て、男は大きなため息を吐《つ》いた。

「……僕もそう思います。けど、言っても無駄《むだ》だったんです」

「無駄？」

店主は、納得《なっとく》できない、というように眉《まゆ》をひそめた。

「一度、妻が下の子を叱りつけたことがあります。『もういい加減《かげん》にしなさい』『ワガママはもうよしなさい』って……けど、駄目だったんです」

「効果がなかったってことですか？　無視《むし》されたってことですか？」

「無視ね……まぁ、そうですね。僕と妻がいくら言ったところで、下の子には聞いてもらえないんですよ」

「そんな……親があきらめてどうするんです？　まだ4歳の子どもでしょ？」

店主はまだまだ何か言いたげだったが、男は話を打ち切るように立ち上がるとお金をカウンターに置いた。水割り1杯にしては多い金額だ。

「愚痴《ぐち》を聞いてもらったお礼です。ご馳走様《ちそうさま》でした」

男が帰宅すると、案の定《あんじょう》、妻がふさぎ込《こ》んでいた。

「今日も何かあったのか？」

たずねると、妻はうなずいた。

「お姉ちゃん、学芸会の劇《げき》で主役をやることになったの」

「え……」

「そうしたら、あの子が『おねえちゃんばかりズルい。わたしも主役で劇に出たい』って言ったみたいなの」

「そんなのは……」

モノならば、あげればよいが、劇の役などは渡《わた》しようがない。男は途方《とほう》に暮《く》れたようにため息をついた。

「で、どうしたんだ？」

「お姉ちゃんは、『ダメ。そんなのできない！』って言ったんだけど、聞かなくて……カンシャクを起こしちゃって……」

よく見ると、壁《かべ》のあちこちが傷《きず》つき、飲み物や食べ物をまき散《ち》らしたようなシミが、うっすらと残っていた。

「オムレツやキャベツ、それとお皿《さら》まで空中を飛び回っていたわ。これでも、片《かた》づけたほうなんだけど……」

男は、もう一度、深いため息をついて、隣《となり》の部屋につながる襖《ふすま》を開《あ》けた。

「……なんだか、怖《こわ》いわ。そのうち『おねえちゃんが生きているのが許せない』って言うんじゃないかしら」

「あんなに仲のよい姉妹だったのに……」

「仲がよかったからこそ、許せないんじゃない。お姉ちゃんが自分の欲しかったものを持っていたり、自分がやりたくてもできないことをするのが……」

そう言いながら、妻は男に寄《よ》り添《そ》った。

「でも、本当にどうすればいいのかしら……。私がいくら叱っても、それがあの子に届《とど》いたかもわからないわ。そもそも、姿《すがた》も見えないし、何も聞こえない」

「俺も一緒《いっしょ》だよ。……あの子の姿が見えて、声も聞こえるのがお姉ちゃんだけなんてな……」

2人の悲しい瞳《ひとみ》が見つめる視線の先にあるのは、仏壇《ぶつだん》だった。

そこには、1年前に病気で亡《な》くなった下の娘の遺影《いえい》が飾《かざ》られていた。


（作　佐々木充郭）

ある占《うらな》い師《し》の記録

街灯《がいとう》もない夜の高架下《こうかした》。一本のロウソクの明かりだけが、占《うらな》い師《し》の仕事場を照らしだす。

その占い師の名前や年齢《ねんれい》を、誰《だれ》も知らない。ただ、占い師の腕《うで》がたしかであることは、占いを受けたことがある者なら誰もが知っていた。

その占い師が占ったことは、一〇〇％的中する。一〇〇％的中する占いは、もはや「予言」である。未来を知ることができれば――もしその未来が幸せなものでないとわかったとき――回避《かいひ》することができる。だから、占い師の噂《うわさ》を聞きつけた人々が、毎夜、ロウソクの明かりに集まる蛾《が》のように、「自分に不幸が降《ふ》りかからないか占ってほしい」とやってくるのだ。

春のある日、まだ肌寒《はだざむ》さが残る夜。一人の女性が占い師のもとを訪《おとず》れた。

彼女《かのじょ》は占いに傾倒《けいとう》している、ごくごくふつうの主婦で、この占い師のことは友人から聞いてやってきたのだった。

「わたし個人のことだけでなく、家族のことも占ってもらえますか？」

「もちろん。わたしに占えないことはありません」

男か女か区別のつかない声を、占い師は目深《まぶか》にかぶったフードの奥《おく》から発した。

こほん、と小さくせきばらいをした女性が、居《い》ずまいをただして尋《たず》ねる。

「わたしの家族に起こる不幸があれば、教えてほしいんです」

主婦の質問は、家族を思うあまりの不安から出たものであるように聞こえた。

彼女は、家族構成などはあえて説明しなかった。そんなこと、占い師にはすでにわかっているはずだ。それくらいでなければ、頼《たよ》る意味がない。

そして、これに占い師が返した答えは――

「あなたのご主人が、１年以内に死亡します」

淡白《たんぱく》な答え方に、主婦はたちまちに表情を強張《こわば》らせた。

夫の死を予言され、平静でいられる妻がいるはずはない。彼女の反応はとても正しいことだったかもしれない。

「夫以外の家族に、不幸は訪れますか？」

占い師は短い沈黙《ちんもく》をはさんで、答えた。

「あなたのご主人に『死』という不幸が訪れる以外、あなたの家族――2人のお子さんの身にも、飼《か》い猫《ねこ》の身にも――不幸が訪れることはありません。むしろ、ようやく幸福がやってくるでしょう。そして――あなたが警察《けいさつ》に逮捕《たいほ》されることも、ありません」

主婦の夫は、家族を不幸にする存在《そんざい》だったのだろう。だから「殺害」という方法で、彼女は不幸のタネを取《と》り除《のぞ》こうとしていた。しかしそれは、この場で占い師によって背中《せなか》を押《お》されたからではなく、最初から運命として決まっていたことである。占い師は、多くの人間には見えないその「運命」を、言葉にして伝えたに過ぎない。

そして、占い師の言葉を理解した主婦は喜んで鑑定料《かんていりょう》を支払《しはら》い、踊《おど》り出《だ》しそうなほど軽やかな足取りで高架下《こうかした》を去っていった。


夏のある日の、煙《けむ》るような雨が降《ふ》る夜。1人の男が占い師のもとを訪れた。

頭の薄《うす》くなったその男は、ふつうのサラリーマンだったが、ひどく酒のにおいを振《ふ》りまいていた。占いになど、おおよそ縁《えん》のなさそうな男だったが、何かをひどく思《おも》い詰《つ》めたような表情からは、わずかの希望にもすがりたいという気配《けはい》が漂《ただよ》っていた。

「あんたかァ、百発百中の占い師ってのは。あんたには、おれがどんだけ苦しんでるかも、わかるんだろうな」

ロレツの回らない口ぶりで言って、勝手に占い師の前に座《すわ》り込《こ》む。それでも、フードを目深《まぶか》にかぶった占い師からは、表情の変化も気配の変化も感じられなかった。

「あなたは、ガンに冒《おか》されている。……そして、5年以内に命を落とすでしょう」

事務的な答えに、男はたちまちに両目を見開いた。

一瞬《いっしゅん》で酔《よ》いが醒《さ》めたのか、まっ赤《か》だった顔が、どんどんまっ青になってゆく。ロレツは戻《もど》ったが、今度はわなわなと震《ふる》える声で、男は尋《たず》ねるともなく、つぶやいた。

「それは、冗談《じょうだん》じゃ……」

「わたしの占いがはずれることはありません」

占い師の声に揺《ゆ》るぎがないのを酔った耳でも聞き分けたのか、「そうか……」とこぼした男は肩《かた》から力を抜《ぬ》いた。そうしてしばらく何かを思案《しあん》していたかと思うと、くすんだ唇《くちびる》のはしにだけ、乾《かわ》いた笑《え》みを小さくにじませた。

「そうか……最近、調子が悪いと思っていたら、まさかガンとはな……。だが……どうせ死ぬなら、最後に、あいつを殺してから死ぬか」

不穏《ふおん》な言葉にも、占い師は身じろぎさえしなかった。

聞いている者がいようがいまいが関係ない、といった様子で、男が語り始める。

「まったく、ひどい話さ……。同期入社の男に、おれはハメられたんだ。そいつは出世《しゅっせ》に目がくらんで、ちょっとした不正を働いた。それで、不正がバレたら、おれに罪《つみ》をかぶせやがったんだ。おれは必死に無実を訴《うった》えたが、疑《うたが》いを晴らすことができなかった。日頃《ひごろ》からゴマをすっていた奴《やつ》の言葉を、上司は信じたんだ。

結果、そいつだけが出世して、おれは、クビにはならなかったが永遠に窓際族《まどぎわぞく》。おかげで、妻は娘《むすめ》を連れて出ていったよ。会社じゃ、おれに不正の責任を押《お》しつけて知らん顔を決《き》め込《こ》んでいるそいつに、アゴで使われる始末さ。おれから仕事と家族を奪《うば》ったそいつに敬語《けいご》でペコペコ頭下げて、ねちねちイヤミ言われたりしてさ。ずっとおれのこと、鼻《はな》で笑ってるんだ。もう何年も我慢《がまん》してきたが……そうか……死ぬなら、もうどうでもいい。ガンに殺される前に、あいつへの恨《うら》みを晴らしてやる。ありがとな、占い師さん」

自分の命の終わりを見たことで気が大きくなったのか、あるいはすべてをあきらめたのか、男は財布《さいふ》から1万円札を10枚抜《ぬ》いて、占い師の前に置いた。そうして立ち上がり、高架下《こうかした》から去ってゆく男の足取りは、来たときの千鳥足《ちどりあし》とは違《ちが》って、しっかりとしたものだった。


――この話には、後日談《ごじつだん》がある。


余命《よめい》を悟《さと》った男は、どうせ病《やまい》で死ぬのなら、やるべきことをやってから死のうと決めた。家族を失った男にとって、金は残していてもしかたのないものだった。だから、まずはそれを心残りのないよう好き勝手に使って回った。

それからいよいよ、積年《せきねん》の恨《うら》みを晴らすべく行動を起こした。

今では、自分より1歩も2歩も先に行ってしまった同期。昔はよく一緒《いっしょ》に飲みにいってグチを言い合う仲だった。それを、こっぴどく裏切《うらぎ》られた。あるいは奴は、最初から踏《ふ》み台《だい》にするつもりで、男と酒を飲んでいたのかもしれない。「気づかなかったおまえが悪い。弱者は喰《く》われて当然だ」。そう言わんばかりに向けられる奴の目が、男には我慢《がまん》ならなかった。

どうせ病に殺されて地獄《じごく》へ落ちるなら、あいつも道連《みちづ》れにしてやらなければ気がすまない。

汗《あせ》がワイシャツを湿《しめ》らせる熱帯夜。男は、退社する同期――今となっては上司だが――の背《はい》後《ご》から躍《おど》りかかった。男の手には包丁《ほうちょう》が握《にぎ》られていた。驚きの目で振《ふ》り返《かえ》った同期の胸《むね》を、まず一刺《ひとさ》し。激痛《げきつう》に顔をゆがめて路上に転がり、それでも逃《に》げようとした同期の背中へ馬乗りになって、あとは、もう何度、包丁を振り下ろしたか男にもわからない。しかし、同期は、血まみれの体を引きずって必死に逃《に》げようとする。道の先から、絶叫《ぜっきょう》に近い女の悲鳴《ひめい》が上がった。たまたま現場を目撃《もくげき》した別《べつ》の通行人が、3人がかりで男を捕《と》らえようとつかみかかった。ここまできて、奴を逃がすわけにはいかない。男がとっさに振るった包丁は、男の凶行《きょうこう》を止めに入った3人の尊《とうと》い命をも奪《うば》う結果になった。

殺人の罪で逮捕《たいほ》されてから、男は穏《おだ》やかに過ごした。関係のない人々を巻《ま》き込《こ》んでしまったことについては後悔《こうかい》の気持ちがあるが、彼らを排除《はいじょ》しなければ、恨《うら》みに思っていた相手をしとめることはできなかった。相手を自分の手で消したことで気持ちは晴れたし、どうせ近い将《しょう》来《らい》、病死することはわかっている。ほかの犯罪者のように減刑《げんけい》を求めたりする気はない。そんな言葉は届かないことを、男は過去《かこ》に身をもって知っている。だからこそ、残りの時間を静かに過《す》ごすことを選んだのだ。

しかし、病《やまい》は男をほうっておかなかった。

拘置所《こうちしょ》で判決を待っていた男は、体の不調にみまわれた。警察官《けいさつかん》が病院に連絡《れんらく》をとり、やってきた壮年《そうねん》の医師が男を診察《しんさつ》した。

男は、自分がガンに冒《おか》されていることを知っている。医師から病院での検査を勧《すす》められ、死ぬとわかっているものをわざわざ調べる必要などないと思ったが、説明したところで信じてもらえるはずはないので、言われるがままに病院へ行くことにした。

そして、病院での精密検査《せいみつけんさ》を終えた男を前に、医師はぶ厚い眼鏡の奥《おく》の瞳《ひとみ》をかげらせた。その表情を目の前に、男は微笑《ほほえ》みを浮《う》かべてみせる。

「わかってます、ガンでしょう。助からないことも知っているので、気をつかっていただく必要はありません」

男がそう言うと、医師は驚《おどろ》いたように目を見開いた。そして、男に手を差《さ》し伸《の》べながら、やわらかな声で言ったのだ。

「そんなに悲観しないでください。あなたはたしかにガンを患《わずら》っている。ですが、まだ小さなものだ。手術すれば治せます。早期発見できたことが幸いでしたよ」

今度は、男が目を見開く番だった。それを見て、医師は勘違《かんちが》いしたのだろう。

「わたしは医師ですから、たとえ罪を犯した方々であっても、誠心誠意《せいしんせいい》、治療《ちりょう》させていただきます。病に打《う》ち克《か》ち、しっかり罪を償《つぐな》うのです」

そう言って、医師はとまどう男の手を固くにぎった。

病院をあとにしながら、男は、自分に何が起こったのかを懸命《けんめい》に考えた。

おれは、死ぬんじゃなかったのか？　まさか、あの占い師の占いがはずれたのか。あれほど自信満々に言っていたのに。だとしたら、何が「百発百中の予言者」だ。

男の胸《むね》に、ふつふつと怒《いか》りの芽《め》が顔を出した。しかし、男が拘留所に戻《もど》った数日後、ささやかな怒りの芽は、あっけなく踏《ふ》みつぶされることとなった。

裁判で、男に、死刑判決《しけいはんけつ》が下ったのである。

上司の男性を計画的に殺害し、罪のない通行人を3人も巻《ま》き添《ぞ》えにしたその手口は残忍《ざんにん》かつ非人道的であり、情状酌量《じょうじょうしゃくりょう》の余地《よち》はないと判断し、被告《ひこく》に死刑を言《い》い渡《わた》す。――と、いうものだった。

「そんな……そんな……おれは、ガンで……」

男の思いは何ひとつ、言葉になっていなかった。ただ、自分は言葉に惑《まど》わされたのだと――ただし、惑わされた言葉はウソやデタラメではなかったのだと――あまりにも遅《おそ》すぎる悟《さと》りを得たばかりである。

控訴《こうそ》、上告《じょうこく》したが、棄却《ききゃく》され、事件から5年を待たずして、男の刑は執行《しっこう》された。

暮《く》れゆく秋のある日の、乾《かわ》いた空気に冬の気配《けはい》がまじる夜。たくましい体つきの1人の男が占い師のもとを訪れた。

男は消防士《しょうぼうし》で、仕事について悩《なや》みを抱《かか》えていた。1年前に結婚した男は、最近、妻のお腹《なか》に命が宿っていることを知ったのだ。

「この仕事は危険《きけん》と隣《とな》り合《あ》わせです。私に何かあったら、妻と子どもがどうなるか……。ですが、2人のためにも仕事を辞《や》めることはできません。やりがいも感じています。だから、もし、私に危険が及《およ》ぶようなことがあなたに見えるなら、教えてもらえませんか？」

占い師には、たやすい依頼だった。

「一週間後、大きな火事が起こり、あなたは火災現場《かさいげんば》に出動します。燃えて崩《くず》れかけている家の中には、住人が取り残されています。助けようと炎《ほのお》の中に飛《と》び込《こ》めば、その住人は助かりますが、あなたは命を落とすでしょう。ただし、住人の救助をあきらめれば、あなたの命は助かります」

それを聞いて、消防士の男は表情を強張《こわば》らせた。あまりにも詳細《しょうさい》な占い結果に驚《おどろ》いたのか、近い将来もたらされる悲劇《ひげき》を想像して恐怖《きょうふ》したのか、あるいはその両方か。

まだ気持ちの整理がつかない様子で男は腰《こし》を上げ、消防士らしくピシッと芯《しん》の通った礼をしてから、その場を去った。男がどう行動するかも占い師にはわかっていたが、とりたてて興味の向かう先ではなかった。

そして、一週間後。消防士の男は、火災現場への出動要請《しゅつどうようせい》を受けて鳥肌《とりはだ》が立った。もしかしてとは思っていたが、あの占い師に言われたことが現実のものとなってしまった。その衝撃《しょうげき》に、寒気《さむけ》さにも似《に》たものを感じながら、男は日々の訓練《くんれん》どおり消防車へ乗り込んだ。先のことを、できるだけ考えないようにしながら。

空気の乾いた夕暮《ゆうぐ》れだった。陽《ひ》が落ちるのに逆らうように、空が赤々と燃えている。その空の下、空にも負けない赤い炎《ほのお》にごうごうと包まれているのは、1軒《けん》の民家だった。一般市民《いっぱんしみん》が暮《く》らすにしては大きな家は住人の財力を想像させたが、天高く立《た》ち上《のぼ》る炎のもとでは、火にくべる木材だ。

サイレンと、人々の言葉になりきらない声とが、町の一角でまざりあう。鮮烈《せんれつ》な赤に世界が侵蝕《しんしょく》される光景を前に、消防士は身震《みぶる》いした。これまでの現場経験などは関係なかった。

そして男は、恐《おそ》れていた言葉を耳にする。

「あの中に、住人が取り残されているようだぞ!」

男は同僚《どうりょう》の消防士たちと、炎の中へ飛び込んだ。イヤな予感を――もはや確信とも言うべき感覚を――できるだけ意識しないようにしながら。

「だめだ、これ以上は進めない! 火の勢《いきお》いが強すぎる」

マスクの下で上官が悔《くや》しげにうなる声を、消防士は絶望的な思いで聞いた。そんなわけあるか、と反発心が若い消防士の足を1歩前に出させたが、気づいた上官がその肩《かた》を強引に後方へ引《ひ》き戻《もど》した。

「バカ、冷静になれ！　この状況《じょうきょう》で飛び込んだら、おまえが死ぬぞ！」

「死ぬ」というストレートな言葉に、消防士は殴《なぐ》られたように立ちすくんだ。瞬間的《しゅんかんてき》に、彼の頭の中には、１週間前に顔もわからない占い師から言われた言葉がよみがえった。

自分が炎に飛び込めば、住人は助けられるが、自分は死ぬ。ここで踏《ふ》みとどまれば――住人を見殺しにすれば、自分は死なずにすむ。

それは、消防士という職業を選んだ男にとって「究極《きゅうきょく》の選択《せんたく》」だったが、１回目の結婚記念日を迎《むか》えたばかりの妻と、まだ見ぬ我《わ》が子《こ》の顔を思ったとたん、彼の選択は決まった。

「わかりました……」

うなずいた男に、上官が「戻《もど》るぞ」と告げる。それが免罪符《めんざいふ》だとでも言い聞かせるように、男はきびすを返した。背後で、炎の中の要救助者が声を上げている気がした。

夕陽《ゆうひ》からしたたったような赤だ、と占い師は床《ゆか》にねそべったまま思った。すべては自分の不始末だったのだから、何を責めても仕方がない。悪魔的《あくまてき》な炎が我《わ》が家《や》を――そして自分の体さえも食らおうとしているのを占い師が悟《さと》った直後、声が聞こえた。

「バカ、冷静になれ！　この状況で飛び込んだら、おまえが死ぬぞ！」

その言葉を向けられているであろう男の顔を、占い師には、ありありと想像することができた。実直そうな男だった。そして、その男がどういう選択《せんたく》をするのかも、占い師にはとうの昔に見えていた。

「わかりました」と声が聞こえた気がした。それから、壁《かべ》の焼け落ちる音にまじって、遠のくように小さくなってゆく足音が聞こえる。最後の子守唄《こもりうた》にしてはお粗末《そまつ》だな、と笑った直後、うつ伏《ぶ》せになっていた占い師の背中にめがけて、炎に包まれた天井《てんじょう》が落ちてきた。

「予言」とさえ称《しょう》されるほどに人の未来を見通すことのできた占い師には、唯一《ゆいいつ》、自分のことだけが見えていなかった。


（作　桃戸ハル、橘つばさ）

従順《じゅうじゅん》な妻

僕が妻と結婚して、5年が経つ。子どもにはなかなか恵《めぐ》まれなかったが、愛する妻との2人暮らしも楽しいから、何も不満はない――そう思っていたのは、結婚2年目までだった。

結婚して、妻は変わった。付き合っていたころは、僕のひとり暮らしの部屋に料理を作りにきてくれたり、ワイシャツにアイロンをかけてくれたり、週末に靴《くつ》を磨《みが》いてくれたりしたのに、結婚生活が長くなるのと反比例《はんぴれい》して、明らかに愛情が少なくなった。

今日の朝食なんて、トーストが1枚だけ。こんなので、昼までもつわけがない。

「せめて、ハムエッグとかできないの？」

「ハムも卵も切らしてるの」

あくびしながら、そう言うザマだ。「ごめん」も何もない。こっちはすでにネクタイまで締《し》めているのに、自分はパジャマ姿《すがた》だし、僕のワイシャツはアイロンがかけられておらず、シワだらけ。これじゃあ、みっともなくて、今日はスーツの上着を脱《ぬ》げない。

「あのさ、僕は毎日会社に行って働いてるんだよ？　せめて朝食くらい、まともに準備してくれないかなぁ。身ぎれいにしていないと、取引先からの印象も悪いし」

「だったら自分でやればいいでしょ。私だって疲《つか》れてるんだから」

逆にいら立ちのにじんだ声で言われて、ムカッとくる。なんでおまえが怒《おこ》るんだよ。日中、ずっと家にいるはずのおまえが、なんで疲れてるんだ。

頼《たの》むよ、と、お願いしようとしたそのとき、目の前にずいっと大きな袋《ふくろ》を差し出された。半《はん》透明《とうめい》の白い袋の中には、雑多《ざった》なゴミが透《す》けている。すえた臭《にお》いは、生《なま》ゴミか。

「今日、ゴミの日だから」

カアッと頭の芯《しん》が沸騰《ふっとう》した。昔は、電話越《ご》しに聞くだけで胸《むね》が弾《はず》んだ妻の声も、今は不快にしか感じない。口を開けば、不満ばかり。ねぎらう言葉なんて、もう妻の口は覚えていないのだろう。

そう思った直後、目の前に突《つ》き出《だ》されたゴミの詰《つ》まった袋を、僕は力いっぱい床《ゆか》にはたき落としていた。

「ふざけんな！　俺がどんだけ毎日毎日しんどい思いして働いてると思ってるんだ！　少しはこっちの身になって考えろ！　おまえは、もうしゃべるな！　これからは、俺の許可《きょか》なく口を開くんじゃない!!」

足もとに転がるゴミ袋を蹴《け》りつけて、僕は家を出た。1枚しかなかったトーストさえ食べずに出てきたので、途中《とちゅう》のコンビニで、朝食と昼食をまとめて買わなければいけない。

仕事から帰っても、やはり妻の出迎《でむか》えはなかった。いつものことだとあきらめて部屋に入っていくと、妻がダイニングテーブルについていた。

「なんだ、いたのか……。おかえりくらい――」

言いかけて、僕ははっとした。「俺の許可なく口を開くな！」と怒鳴《どな》って家を飛び出した今朝《けさ》のことを思い出したのだ。

もしかして妻は、あの言いつけを守っているのだろうか。

「なぁ……そうなのか？」

その問いかけに対する答えもない。自分の顔に静かに微笑《ほほえ》みが広がるのを、僕は感じた。

その日から、妻は変わった。僕が仕事から帰ってくるころにはダイニングテーブルに座《すわ》って僕を出迎《でむか》えるようになった。ただ、僕が「ただいま」と声をかけても、妻は一言《ひとこと》も話さない。朝は僕が起きてくる前から、ダイニングテーブルに座って待っている。「おはよう」と言ってくることもなければ、「パンにする？　ごはんにする？」と聞いてくることもない。一切《いっさい》の会話が家の中から消えた。「しゃべるな」という僕の言いつけを、妻は従順《じゅうじゅん》に守っているのだ。

「それじゃ、行ってくる」

妻は返事だけはしてくれない。それでも、僕は満足していた。妻のイヤミや小言《こごと》や、どうでもいいグチや不満、生意気《なまいき》な反抗《はんこう》を聞かずにすむ朝の、なんと清々《すがすが》しいことだろう。

話してもいいという許可を、僕は、もうしばらく出さずにおこうと決めた。

こうして、静かで平穏《へいおん》な生活が2週間ほど続いた。一時は、もうおしまいとさえ思った結婚生活だったが、妻が従順に僕の言いつけを守ってくれるおかげで、バランスを取《と》り戻《もど》せた気がする。それに、口を開かなければ、妻はかわいい。

「素直《すなお》に僕の言うことを聞いてくれて、ありがとう。おかげで、今日も穏《おだ》やかな気持ちで会社に行けるよ」

僕は優しく妻に語りかけ、その白い頬《ほお》に軽くキスして家を出た。まるで、新婚時代に戻《もど》ったようだ。妻の気持ちもあのころに戻ってくれるなら、また幸せな夫婦の会話ができるかもしれない。

けれど、まだしゃべっていいという許可を出す気はない。妻が心から反省《はんせい》しているかわからないし、演技《えんぎ》をしている可能性だってある。もう少し見極《みきわ》めてからでも遅《おそ》くはないだろう。


そうして、さらに2週間ほどが経った、ある朝のことだった。今朝も黙《だま》って座っているだけの妻の前で、僕が納豆《なっとう》とごはんと味噌汁《みそしる》の朝食を食べようとしていると、チャイムが鳴らされた。こんな朝早くに誰《だれ》だろうと思っていると、今度は立て続けに、ドンドンドンドンッと玄関《げんかん》扉《とびら》が叩《たた》かれる。

「なんなんだよ、まったく……」

早く朝食を食べて仕事に行かないといけないのに、と、ここ最近ずっと穏やかだった心に、さざ波《なみ》が立った。イラ立ちをおさえて玄関に向かい、扉を開《あ》ける。すると、これ見よがしに何かが鼻先へ突《つ》きつけられた。

僕の鼻先に突きつけた、その黒いサイフのようなものを、相手が開いて見せる。それは、ドラマや映画なんかでよく見る、警察手帳《けいさつてちょう》だった。

「朝からすみません。じつは、同じマンションの方から異臭《いしゅう》がするという苦情がありまして。こうしてみなさんに、お話をうかがって回っているんです。ちょっとお部屋の中を拝見《はいけん》しても、よろしいですかね」

尋《たず》ね口調《くちょう》で言いながら、若い刑事《けいじ》と中年刑事の2人組はすでに靴を脱《ぬ》いでいる。

「ちょっと、困《こま》りますよ。これから仕事に行かないといけないんで……」

引き止めようとしても、2人の刑事は足を止めなかった。僕が手を伸《の》ばすより先に、中年のほうの刑事の手が、ダイニングへと続く扉のノブにかかる。その扉が奥《おく》へ押《お》し開けられるのと同時に、「なんだこれは!」と中年刑事が声を上げた。怒号《どごう》にわずかの悲鳴《ひめい》がまじった、複雑《ふくざつ》な叫《さけ》び声だった。

「なんなんですか、いったい!!」

うしろから僕が追いついて声をかけると、中年刑事が眉《まゆ》をつり上げた顔を振《ふ》り向かせた。隣《となり》にいる若い刑事も、ダイニングをのぞいて「うわっ……」と奇妙《きみょう》な声を上げる。他人の家に勝手に上がりこんでおいて、なんとも失礼《しつれい》な反応だ。

「いくら警察でも、これ以上はプライバシーの侵害《しんがい》ですよ」

僕は2人の刑事に向かって、毅然《きぜん》と言い放った。

すると、こちらを振り返っていた中年刑事が、ますます眉をつり上げる。

「おい、あんた！」

おまけに、「あんた」ときた。僕は当然のことを言っただけなのに、まったく警察はここまで不作法《ぶさほう》な連中だったのか。

いよいよ声を大きくして文句《もんく》を言ってやろうとしたとき、中年刑事がダイニングの中を指さして、言った。

「ここにある腐乱《ふらん》した死体は、なんなんだ。お前が殺したのか!!」

「……は？」

思いもかけないセリフに、反応が遅れた。

「何を言ってるんです？　うちに死体だなんて――」

と、刑事たちに続いてダイニングをのぞきこみ、僕は絶句《ぜっく》する。

――思い出した。あの朝、ここで何があったのかを。

ハムも卵も切らしちゃって……だったら自分でやれば……今日、ゴミの日だから……

あの日の朝の妻の言葉が、脳内《のうない》を駆《か》ける。まるで、暗記カードに書かれた単語のように、ただの文字情報となって。

まるで僕をモノのように扱《あつか》う妻を、口を開けば言《い》い訳《わけ》や小言《こごと》しか言わない妻を、許すだけの愛はもう僕の中に残っていなかった。愛が消えて、そこにつけ込《こ》むように流れ込んできたのは
――殺意だ。

もう口を開かなくていい。そう思ったとたん、僕は近くにあった花びんを手に取っていた。幸か不幸か、2人で花を飾《かざ》って眺《なが》める穏《おだ》やかな時間もなくなって久しかったので、からっぽの花びんは持ち上げるのに苦労しなかった。

花びんの空洞《くうどう》に、妻の頭を殴《なぐ》る音が、いやに大きく響《ひび》いた。そして、妻はダイニングチェアに座ったまま、動かなくなったのだ。

そうか…。最近、妻が言葉を口にせず静かにしていたのは、やはり、「心から反省したから」ではなかったのだ。ということは、しゃべる許可をまだ与《あた》えずにいたことは、正解だった。

「おい。あんた、聞いてるのか!?」

僕の耳に向かって、刑事が声を荒《あら》らげる。うるさい。本当に、作法を知らないやつだ。

「この死体は、あんたの奥《おく》さんか？　なんで殺した！」

うるさい、うるさいうるさいウルサイウルサイ。

「ああ、そうか……」

——妻と同じように、静かになってもらえばいいんだ。

（原案　サキ　翻案　桃戸ハル、橘つばさ）

三右衛門《さんえもん》の罪《つみ》

あるところに、正直《しょうじき》であることを絶対《ぜったい》の正義《せいぎ》とする殿様《とのさま》がいた。正直であるかどうかがすべての判断《はんだん》の基準《きじゅん》で、そのやり方は徹底的《てっていてき》だった。

たとえば家来《けらい》が何か失敗《しっぱい》をしたとする。それが重大な失敗でも、素直《すなお》に謝《あやま》る正直者なら笑《わら》って許《ゆる》す。しかし言《い》い訳《わけ》をして自らの責任を逃《のが》れようとすれば決して許さない。それまでどんなにかわいがっていた家臣《かしん》でも処刑《しょけい》する。それが、その殿様のやり方だった。

そんな殿様の家臣に、細井《ほそい》三右衛門という腕利《うでき》きの剣客《けんかく》がいた。殿様が三右衛門を深く信頼《しんらい》するようになったのは、数年前の戦《いくさ》がきっかけだった。

この戦で、2人の家臣が、大怪我《おおけが》を負《お》いながら武勲《ぶくん》を上げた。その労《ろう》をねぎらうため、殿様は2人を城《しろ》に呼《よ》び寄《よ》せて尋《たず》ねた。

「怪我の具合《ぐあい》はどうか」

一人はやせ我慢《がまん》をしてこう答えた。

「大丈夫《だいじょうぶ》です、なんともありません」

もう一人は正直に、こう答えた。

「ひどく痛《いた》みます。しかし、このくらいの痛みがなければ生きているとは言えません」

この正直者の家臣こそ三右衛門だった。この時から、殿様は三右衛門を絶対的に信頼するようになった。自分の警護《けいご》を担当させ、また剣《けん》の指南役《しなんやく》にも任命《にんめい》した。

その三右衛門が、衣笠《きぬがさ》数馬《かずま》という若い侍《さむらい》を切り殺《ころ》したと殿様が聞いたのは、昨日のことだった。殿様はすぐに三右衛門を呼び出した。何か理由があるに違いないと考えたのである。

案《あん》の定《じょう》、三右衛門は数馬から闇討《やみう》ちを仕掛《しか》けられていた。それを返《かえ》り討《う》ちにしたというのだから、これは三右衛門の正当防衛《せいとうぼうえい》である。

ただ、殿様には気になることがあった。なぜ三右衛門は数馬に襲《おそ》われたのか。三右衛門が数馬に対して、何か恨《うら》みを買うような真似《まね》をしたのだろうか。

三右衛門の答えはこうだった。

「思い当たるというほどのことではございませんが、ないことはございません」

「よし、申《もう》してみよ」

「四日ほど前、数馬は剣道《けんどう》の試合《しあい》に臨《のぞ》みました。相手は多門《たもん》と申す者で、審判《しんぱん》を務《つと》めたのが私でございました」

「読めたぞ。その試合で、数馬は負けたのだな」

「おっしゃるとおりです。その負けに数馬は不満を持っていたのだと思います」

「つまり数馬は、お前が多門を依怙贔屓《えこひいき》して、わざと数馬を負けさせたと考えたわけだな」

「はい」

「もちろん、お前は多門とやらを依怙贔屓してはいないはずだ」

「そのとおりでございます」

「数馬には、疑《うたぐ》り深《ぶか》いところがあったのか」

「そうは思いません。数馬は若者らしい、性格のまっすぐな男でした。ただ多少、感情に流されるようなところもあったように思います。それに……」

と言葉を区切って、三右衛門は、かみしめるように言った。

「あの試合は、数馬にとって、とても大切な試合でした」

「というと？」

「数馬はまだ、剣道では初級の免状《めんじょう》しか持っておりませんでした。それは多門も同じで、あの試合に勝ったほうが、昇級《しょうきゅう》する予定《よてい》になっていたのです」

「ふぅむ」

殿様はしばらく考えてから、話題を移《うつ》した。

「数馬に襲《おそ》われたのは、夜だったそうだが」

「はい。あの雪の夜、私は一人、傘《かさ》を差しながら家路《いえじ》をたどっておりました。左から横殴《よこなぐ》りの突風《とっぷう》が吹《ふ》きまして、とっさに傘を半開《はんびら》きにして左に向けました。人影が左から切りかかってきたのはその時で、結果として、その刀《かたな》を傘で受ける格好《かっこう》となりました」

「無言《むごん》で切りかかってきたのか？」

「はい。何が起こったかすぐには分からず、それでも危険《きけん》を感じて、私はさっと後ろに飛《と》び退《の》きました。しかし、刀がなおも襲ってきて、今度は袖《そで》をわずかに切られました。私は後ろに飛びながら刀を抜き、次の瞬間には相手の横腹《よこばら》を切《き》り裂《さ》いておりました」

「その一連の動きの中で、相手が数馬だと気づいたのか？」

「いいえ」

「切った後で、数馬は何か言ったのか？」

「うめくのは聞こえました」

「その声に聞き覚えがあって、数馬だと分かったのだな」

「いいえ」

「切《き》り伏《ふ》せてから顔を見て、初めて分かったという事か？」

「いいえ」

「分からんな。ではいつ、数馬だと分かったのだ」

やはり三右衛門は黙《だま》ったまま、すっと目を伏《ふ》せた。親しげだった殿様の表情は、いつしか威《い》厳《げん》のあるそれに代わっていた。その声が、厳《きび》しく言った。

「申してみよ、三右衛門」

三右衛門は、目を伏せたまま答えた。

「あの試合で、数馬が私を恨《うら》んだのは当然であると思います。もちろん私は、多門を依怙贔屓するような真似《まね》はいたしませんでした。そもそも多門の剣はせせこましく、逃げ回って相手のすきを突《つ》くような邪道《じゃどう》の剣でした。その卑怯《ひきょう》な剣を、私が依怙贔屓するわけもございません。しかし、だからといって私に、依怙贔屓がなかったとは言えません」

「どういうことだ？」

「私はむしろ、数馬を依怙贔屓していたのでございます」

「数馬を？」

「はい。数馬は将来有望《しょうらいゆうぼう》な男でした。数馬の剣は、敵を真正面から迎《むか》え入《い》れて真《ま》っ直《す》ぐに打つという、正統派《せいとうは》の剣です。あと2、3年もすれば、多門など足元にも及《およ》ばないほどに上達していたことでしょう」

「それが分かっていて、どうして数馬を負けさせたのだ？」

「そこでございます。むしろ私は、数馬を勝たせたいと思っておりました。少なくとも、試合が始まった時はそうでした。両者が正眼《せいがん》の構《かま》えとなり、互いに気合《きあい》を込めてじりじりと間合《まあ》いを詰《つ》めていきます。初太刀《しょだち》を放《はな》ったのは多門でした。数馬はそれを鮮《あざ》やかに切り返すと同時に、小手《こて》を打ちました。ところが、ここで私に迷《まよ》いが生じたのです。たしかに数馬の竹刀《しない》は小手をとらえましたが、その当たり方が少し弱かったような気がしたのです。本来の数馬の打ちではないと感じました。にもかかわらず一本にしてしまっては、数馬の将来のためにならないのではないか。そんなことを考えるうちに、旗《はた》を揚《あ》げる機会を逃《のが》してしまったのでございます」

「ふぅむ」

「それでも数馬は、私の期待に応《こた》えようとするかのように何度も技《わざ》を繰《く》り出《だ》しました。惜《お》しい面《めん》打《う》ちがありました。惜しい突《つ》きがありました。ところが最初の小手を一本と認めなかったがために、私はそれらにも旗を揚げることができなくなっていたのです。数馬自身も、旗が揚らないので焦《あせ》ったのでしょう。だんだん打ち急ぐようになりました。そんなさなかに数馬が不用意に小手を狙《ねら》い、その竹刀を多門がはらって小手に返しました。多門の小手打ちは、今から思えばずいぶんと弱かったと思います。しかし、才能のない多門にしては上出来《じょうでき》の打ちでした。気がつくと私は一本を宣言《せんげん》し、多門に旗を揚げておりました。つまり私は、数馬を依怙贔屓していたがゆえに、結果として数馬を負けさせてしまったのでございます」

「なるほど」

「あの雪の夜、闇討《やみう》ちに会う前に、私はずっと数馬のことを考えておりました。きっと私を恨《うら》んでいるだろうなと、心の中で数馬を想像していたのでございます」

「だから、切りかかられたときに数馬だと分かったのだな」

「はい。身のこなしとか声とか、そういうことではなく、切りかかるとしたら数馬だと、直感したのでございます。とはいえ……」

そこで三右衛門は、一度姿勢《しせい》を正してから、平伏《へいふく》した。

「むざむざとご家来《けらい》を死に至《いた》らしめたのは、私の罪《つみ》でございます。この上は、いかなる咎《とが》めも潔《いさぎよ》く受ける所存《しょぞん》でございます」

「よい、よい。気にするな」

殿様は、いつしか機嫌を直していた。

「お前のしたことは悪いことかもしれない。しかし理由を聞けば、それもしかたのないことだったのだ。だからこれからは……」

そこまで言いかけて、殿様はふと口をつぐんだ。そして、わずかに首をかしげてから、あらためていった。

「先ほどお前は、闇討ちの直前、数馬の心境《しんきょう》をおもんぱかっていたと申したな」

「はい」

「数馬が試合の事で心を痛《いた》めていることを、お前は知っていた。しかもお前は、数馬を将来有望な男だと認めていた。切りかかってきた瞬間、それが数馬と分かったのなら、なぜ切《き》り伏《ふ》せずに捕《と》らえなかったのだ。お前の腕《うで》ならたやすいことだと思うが」

「それは無理《むり》でございます」

と三右衛門が顔を上げた。

「なぜだ」

「たしかに数馬は将来有望な男でした。しかし私に切りかかった瞬間、数馬は有望な男から、ただの無法者《むほうもの》となりはてました。虫けらをつぶすのに、躊躇《ちゅうちょ》など無用でございます」

その瞳《ひとみ》には、情《じょう》をかけた者でさえ敵とみれば一瞬で殺せる、残虐《ざんぎゃく》で冷酷《れいこく》な心が、正直に映《うつ》し出《だ》されていた。

（原作　芥川龍之介、翻案　吉田順）

ほんとうの望み

死に場所を探《さが》して自《みずか》ら山に入ったというのに、道に迷《まよ》って3日もすると、こみ上げる思いは「腹《はら》が減った」だの「のどが渇《かわ》いた」だのという、生きることへの執着《しゅうちゃく》だった。

とにかく一刻《いっこく》も早くこの状況《じょうきょう》から抜《ぬ》け出《だ》したい。ひたすらに歩くと、山間《やまあい》に一軒《いっけん》のあばら家《や》を見つけた。一応、生垣《いけがき》があって、庭には割《わ》りかけの薪《まき》が散らばっていた。

入り口に近づき、残る力で戸を叩《たた》いて、声を振《ふ》り絞《しぼ》った。

「どなたかいらっしゃいませんか？」

家の中から老人が出てきた。

「どうされましたかな？」

「助けてください。水と食料を……」

こちらの切迫《せっぱく》した声で、おおよそを察《さっ》したのだろう。老人は手招きして私を家の中に入れ、コップに水を注いだ。その水が、この上なく美味《おい》しかった。

「ありがとうございます、生き返りました」

「さぁ、これを」

そう言うと老人は、着替《きが》えとタオルを手渡《てわた》してくれた。泥《どろ》だらけの服を脱《ぬ》いで体をふき、新しい服に着替える。その頃《ころ》には、料理がちゃぶ台に所狭《ところせま》しと並《なら》べられていた。

山菜《さんさい》の漬物《つけもの》に味噌汁《みそしる》、雑穀《ざっこく》のご飯《はん》。素材も質素なら、味もシンプルな塩味。どれも老人が作ったものらしく、見た目は今ひとつだったが、たまらなく美味《うま》い。

こちらが料理にがっつく様子《ようす》を、老人は満足そうに見つめていた。

これは十分なもてなしである、と感じた。

しかし、食事が終わると、温かい風呂《ふろ》、布団《ふとん》と枕《まくら》までもが提供《ていきょう》された。

何から何までありがたい……その思いを十分に伝えることもなく、その夜はぐっすりと眠《ねむ》った。一切《いっさい》夢を見ずに、朝を迎《むか》えた。目覚《めざ》めると、また朝食が用意されていた。

夕べよりは幾分《いくぶん》、心に余裕《よゆう》が生まれていた。

朝食を終えてから、老人に向き直った。

「このたびは、本当にお世話になってしまって……」

「いやいや、礼《れい》には及《およ》びません、ほんの気まぐれですよ」

その言葉に重みを感じた。こんな山間《やまあい》に一人暮《ひとりぐ》らし。そしてあふれる親切心。興味がわいた。

私は老人に尋《たず》ねた。いったいどんな人生を歩んできたのか、と。

「まあ、語るような人生ではないが……」

と謙遜《けんそん》を示しつつ、老人はぽつりぽつりと語り始めた。

「あなたは、ジェネシス社という名前を聞いたことがおありかな？」

「もちろんです、日本でその社名を知らない人はいないですよ。伝説の創業者《そうぎょうしゃ》が一代で作り上げた、超一流企業《きぎょう》ですよね」

「私が、その創業者です」

「え!?」

こんな山奥《やまおく》にひっそりと暮《く》らすこの老人が、あの伝説の創業者？　本当だろうか。本当ならば、なぜ……。

「なぜ、こんな山奥に、おひとりで住まわれているのです？」

「もっともな質問ですな。一言でいえば飽《あ》きたのですよ、贅沢《ぜいたく》に」

「はぁ……」

「美味《うま》いものも、世界中からかき集めて食べつくした。着たい服も、乗りたいクルマも、欲《ほ》しいものはすべて手に入れた。女たちだって向こうから寄《よ》ってきた。私が結婚していることを知っているのにですよ。しかたがないので、何人もの女と同時につき合わなければならなかった。そんなだから、忙《いそが》しくて家でくつろぐ暇《ひま》なんてないというのに、会社の幹部連中が私のためにと高層《こうそう》ビルを建てましてね。その最上階に住んでいました。まあ、セキュリティの意味もあったんでしょうが」

「なんとうらやましい」

「と、お思いでしょうな。しかし、現実は違《ちが》った」

「つまり、飽きたと……」

「そういうことです。これは、体験したものでないと分からないかもしれませんが、とにかく私は、そんな暮《く》らしには価値《かち》がないと、気づいてしまったのです。それからというもの、私は持っているものを、一つひとつ手放していきました」

「もったいない」

「食べ物も、服もクルマも質素《しっそ》なものに変えました。つき合っていた女たちとも別れました。ところが、無駄《むだ》なものがまだ残っていたんです」

「なんです？」

「権力《けんりょく》ですよ。誰《だれ》もが私にこびを売る。そういうものに私はうんざりしていました。そこで私は、権力を捨《す》てました。社長の椅子《いす》を他人に譲《ゆず》り、やりかけの仕事もすべてほっぽり出して、ビジネスの世界から引退しました。しかし、それでもまだ駄目《だめ》だった」

「まだ何かありますかね」

「お金です。人間は金に弱い。金のあるところには、まるで花に吸《す》い寄せられるミツバチのように、人間が集まってくる。そこに群《むら》がる人間たちの目つきの悪さと言ったら……」

「で、資産を処分《しょぶん》したんですね……福祉《ふくし》団体にでも寄付しましたか？」

「いいえ、そんなことをしたら、私の名声が上がってしまいます」

「では、何に？」

「資産をすべて現金に換《か》えて、焼却炉《しょうきゃくろ》で燃やしました」

「本当ですか？」

「本当です。数十億はありましたから、それはもう、よく燃えました。きれいなもんでしたよ。金の切れ目が縁《えん》の切れ目で、私に群がっていた人間は散り散りになって消えました。妻さえも、私の元から去っていったのです」

「それはお気《き》の毒《どく》でした」

「いえ、とんでもない。おかげで妻が、私をただの財布《さいふ》程度としか見ていなかったことに気づきました。出ていってくれて、ほんとうにせいせいしているんです」

「……」

「こうして私は、すべての煩悩《ぼんのう》を捨てることができました。これが、悟《さと》りを開いた、ということなのかもしれません」

「それで、こんな山奥で自給自足《じきゅうじそく》の生活を続けていると……」

「はい」

「今、幸せですか？」

「もちろん。ここでの生活は満ち足りています、わずらわしさとはまったくの無縁《むえん》なのです。

これ以上の贅沢《ぜいたく》はない。欲しいものなど何ひとつありません」

「そうですか……いや、面白い話を聞かせていただき、ありがとうございました。実は私、この山には自殺するために来たんです。親友と恋人の裏切《うらぎ》りにあい、仕事も失ってしまって……私には何もない、私に生きる資格はないと思《おも》い詰《つ》めていたんです。でも、一度死にかけて、ようやく踏《ふ》ん切《ぎ》りがつきました。私、もう一度、都会に戻《もど》ります」

「え？　なぜ？」

「なぜ、と言われましても……」

「あなたから生きる希望を奪《うば》ったのは都会でしょう。そこに戻るだなんて」

「でも、仕事をほっぽり出してきてしまいましたし……。一度死んだも同然ですから、生まれ変わったつもりで、ゼロからやり直します」

「そんなこと……あなた、さっきの私の話、ちゃんと聞いていましたか？」

「それはもちろん」

「私は、すべての仕事をほっぽり出して、ここへ来たのですよ」

「はい、うかがいました」

「金も、仕事も、女も、権力も、名誉《めいよ》もすべて、価値がないものなんですよ」

「でもご老人、僕はあなたのように、贅沢《ぜいたく》を味わい尽《つ》くしたわけでもありませんし、今にして思えばですけれど、ただ単に少し人間関係に疲《つか》れてしまっただけで……」

「それだけでも十分ですよ。仕事に戻れば、またややこしい人間関係が待っているだけじゃないですか？」

「まぁ、そうかもしれないですけれど……」

「ここいれば、そんなことに悩《なや》まなくてすむ。あなた、ここでずっと暮《く》らしてもいいんですよ」

「いや、それはちょっと……」

「何が不満なんです？　何度も言わせないでください。ここほど贅沢な空間は、他《ほか》にないのですよ？」

「……ではうかがいますが、なぜそこまで私をお引《ひ》き留《と》めになるのです？」

「それは、あなたの人生を案じているからこそ……」

「ほんとうに？」

「ほんとうですよ、他に何があるというのです」

「……すみません、やはり私はこれで失礼させていただきます。ただ、私には、ご老人に助けていただいたご恩《おん》がある。ですので、若輩者《じゃくはいもの》ではありますが、一言だけお伝えしましょう」

「は？　何を？」

「ご老人、あなたは人のぬくもりに飢《う》えている」

「ぬくもりに飢えている？　この私が？」

「寂《さみ》しがっているのですよ。私なんて、大した人間じゃありませんが、そんな私でさえ、あなたにとっては貴重《きちょう》な話し相手だったのです。だからあなたは、こうして私を放そうとしない」

「……」

「人間関係に疲《つか》れて山に入った私ですが、ご老人、あなたを見ていてつくづく、人と人とのふれあいとは尊《とおと》いものだと分かりました。失礼を承知《しょうち》で申し上げますが、私は、あなたのようにはなりたくないのです」

「私のようにはなりたくない、だと？　誰もがうらやむものを捨ててきた私だぞ？」

「そういうのはもういいです、これで失礼します」

「待て！　いや、待ちなさい………違う……待ってください……」

「なんでです？」

「……寂しいんだ……」

「なら、私と一緒《いっしょ》に山を下りましょう」

「そんなこと、今更《いまさら》できるわけがない！　そんなことをすれば、私は、私が捨てたすべての人間に笑われてしまう……」

「あなたは恥《はじ》をかくのが怖《こわ》いんですか？　すべてをお捨てになったはずのあなたが、そんなちっぽけなプライドさえ捨てられないなんて、おかしいじゃありませんか？」

沈黙《ちんもく》が下りた。

やがて、老人は言った。

「……もう行くがよい……」

かわす言葉は、もう残っていなかった。

孤独《こどく》な老人を置いて、私は山を下りた。


（作　吉田順）

夢の中の殺人者

「また、こんなに遅《おそ》くなっちゃった……」

真希《まき》は、ため息をつきながら電車を降《お》りた。

入社1年目の真希は、営業職という仕事がら、取引先の人とのつきあいが多く、この日も家に帰るのが終電《しゅうでん》、という時間になってしまった。

まだ仕事にも慣《な》れておらず、覚えることも多い。心身の疲労《ひろう》は極限に達していた。

「たまには早く帰って、たっぷり寝《ね》たい……」

真希は、とぼとぼと駅の階段を降りた。

郊外《こうがい》にぽつんと存在するその駅は、利用する客が少ない。まして深夜1時を過ぎる終電で降りる人は数えるほどしかいない。

真希は、繁華街《はんかがい》とは反対側の出口から出ると、駅前の噴水《ふんすい》のある広場を突《つ》っ切《き》り、大通り沿《ぞ》いを歩いた。そのあたりは、人通りは少ないが、クルマの通りがあり、街灯《がいとう》も明るく照らしているから、比較的《ひかくてき》安全だろうと思えたのだ。

しかし、大通りから一歩小道《こみち》に入ると、がらっと雰囲気《ふんいき》が変わる。街灯の明かりはたよりなく、暗く沈《しず》んでいて、あたりはしーんと静まりかえっていた。

民家が並《なら》ぶゆるやかな登《のぼ》り坂《ざか》で、昼間ならいたって平穏《へいおん》なところなのだが、夜は手の平を返したように冷たい表情を見せていた。

真希は、足がすくんだ。

「やっぱり、パパに迎《むか》えに来てもらえばよかったかな」

真希の父はサラリーマンで、朝の出勤が早い。深夜1時すぎでは、きっともう寝ている時間だろう。もちろん、電話をすれば、クルマで迎えに来てくれるに違いない。だが、父に無理をさせるのは申《もう》し訳《わけ》ないと思った。

「せいぜい10分の道のり。早く帰ろう……」

真希は余計《よけい》なことを考えないようにして、ただ前だけを見て黙々《もくもく》と坂道を上りはじめた。

こんな時間だと、前から来る人もいなければ、後ろから来る人もいない。真希の乾《かわ》いた靴音《くつおと》だけが通りに響《ひび》いた。

坂道の途中、右手に墓地《ぼち》があらわれる。真希は、できるだけそちらを見ないようにして、足早に通り過ぎた。

坂を上りきると、左手に小さな公園がある。公園は高い木立《こだち》に囲《かこ》まれ、中は漆黒《しっこく》の闇《やみ》に沈《しず》んでいる。

「ふぅ、あともう少しだ……」

と、そのとき、公園を過ぎて角《かど》を曲《ま》がったあたりで、スタッ、スタッ、スタッ……、と誰かが後ろからついてくる気配がした。

真希は立ち止まって振《ふ》り返《かえ》ってみた。しかし、そこには誰もいない。

――気のせいかな……。

ほっとして、また歩きはじめた。

が、よく耳をすませると、やはり自分のものとは明らかに違《ちが》う靴音《くつおと》が、一定のリズムでついてくる。

スタッ、スタッ、スタッ……。

もう一度、立ち止まり、後ろを振り返る。角からぬっと人影《ひとかげ》があらわれた。そして、そのままの勢《いきお》いで、こちらに向かってくる。

「えっ、何!?」

真希は、早足《はやあし》で歩きだした。すると、それにつられるように、スタッ、スタッ、スタッ……というシューズ音とともに、ハー、ハー、ハーという男の息づかいがどんどん近づいてきた。

真希にとって運が悪いことに、公園のあとの角を曲がってからは、駐車場《ちゅうしゃじょう》と畑《はたけ》にはさまれた一本道で、民家が一軒《けん》もない。街灯もなく、ほとんど足元も見えない。こんなところでは、なにかあっても、助けがない。

真希は、走るしかないと思った。追《お》っ手《て》をまこうと思ったのだ。ヒールのあるパンプスだったので、何度も転《ころ》びそうになったが、なんとかバランスをとりながら、闇《やみ》の中を懸命《けんめい》に走った。

ところが、その距離《きょり》は離《はな》れるどころか、むしろ近づいているようだった。ハー、ハー、ハーという男の息づかいが、より激《はげ》しく、耳元《みみもと》に迫《せま》ってくる。

呼吸《こきゅう》が苦しくなった。もうダメ……。

そのとき、一本道をぬけ、住宅街の明かりがあらわれた。真希の自宅だ。

「助かった……」

と、ほっとした、その瞬間《しゅんかん》のできごとであった。

真希の上半身は背後《はいご》から押《お》さえつけられ、のどに熱いものが走った。呼吸が急激《きゅうげき》に圧迫《あっぱく》され、助けて、という声さえも、声にならなくなった。逃《に》げようとして、なんとかもがいて、後ろを振《ふ》り向《む》く。うすれゆく視界《しかい》が、細くつり上がった目をした不気味《ぶきみ》な男の冷たいうすら笑《わら》いと、大量の血《ち》のしたたるナイフをとらえた……。


「あーーー!」

大きな悲鳴が聞こえた。

真希は、自分の声で目が覚《さ》めた。

「なんだ、夢《ゆめ》か……」

心臓《しんぞう》がドキドキし、目からは大粒《おおつぶ》の涙《なみだ》が流れていた。全身汗《あせ》をかき、パジャマはぐっしょり濡《ぬ》れていた。

「……よかった。声が出る」

夢とは思えない、その鮮明《せんめい》な映像《えいぞう》は、まだ脳裏《のうり》にこびりついている。背後《はいご》から走り寄り、羽交《はが》い締《じ》めにした男が、真希の喉《のど》を鋭《するど》いナイフでひと突《つ》きにし、血が噴《ふ》き出《だ》す。真希は、声を出したいのに出せず、苦しみもだえながら倒《たお》れる。その姿《すがた》を不気味なうすら笑いで見下《みお》ろす男……。

真希は、恐《おそ》ろしい夢の情景《じょうけい》を再生し直していた。

ハー、ハー、ハー……という男の息づかいが、まだ生々《なまなま》しく耳元にこびりついていた。

「なんで、こんな恐ろしい夢を見たのかしら……」

時計を見ると、まだ夜中の3時だった。

真希は、パジャマを着替《きが》え、もう一度眠《ねむ》りについた。

翌日《よくじつ》の真希は、やはり朝から晩《ばん》まで、時間に追われるように仕事をした。

もともと、その日は定時で帰れる予定だったが、急に取引先から連絡《れんらく》が入り、納品《のうひん》の手違《てちが》いに対応しなければならなくなったのだ。

結局、納品作業《さぎょう》を終えたときには、12時近くになっていた。真希はぎりぎりで終電に飛び乗り、帰宅《きたく》の途《と》についた。駅に着いたのは深夜1時過ぎ。終電で降りる客は数えるほどだった。

真希は、いつものように繁華街《はんかがい》とは反対側の出口を利用し、とぼとぼと階段を降りた。駅前の噴水《ふんすい》のある広場を突《つ》っ切《き》り、大通り沿《ぞ》いを歩く。

それから小道に入る。街灯の明かりはたよりなく、暗く沈《しず》んでいて、あたりはしーんと静まりかえっている。

真希は、足がすくんだ。

「……やっぱり、パパに迎《むか》えに来てもらえばよかったかな」

そう思った。しかし、父に無理をさせるのは申し訳ない。

「せいぜい10分の道のり。早く帰ろう……」

真希は、ただ前だけを見て、暗い坂道を黙々《もくもく》と上りはじめた。

前から来る人もいなければ、後ろから来る人もいない。真希の乾《かわ》いた靴音《くつおと》だけが通りに響いている。

坂道の途中にある右手の墓地の前を足早に通り過ぎ、それから、坂を上りきったところにある左手の公園の前を通り過ぎた。公園は高い木立《こだち》に囲《かこ》まれ、中は漆黒《しっこく》の闇《やみ》に沈《しず》んでいた。

「ふぅ。あともう少しだ……」

と、そのとき、公園を過ぎて角を曲がったあたりで、スタッ、スタッ、スタッ……、と誰かが後ろからついてくる気配がした。

真希は立ち止まって振《ふ》り返《かえ》ってみた。しかし、そこには誰もいない。

――気のせいかな……。

ほっとして、また歩きはじめた。

が、よく耳をすませると、やはり自分のものとは明らかに違う靴音《くつおと》が、一定のリズムでついてくる。

スタッ、スタッ、スタッ……。

もう一度、立ち止まり、後ろを振り返る。角からぬっと人影があらわれた。そして、そのままの勢いで、こちらに向かってきた。

「えっ、何!?」

そのときだ。昨晩見た夢の記憶が鮮明《せんめい》に蘇《よみがえ》った。

真希は、早足で歩きだした。すると、それにつられるように、スタッ、スタッ、スタッ……

というシューズ音とともに、ハー、ハー、ハーという男の息づかいがどんどん近づいてきた。

すでに、駐車場と畑にはさまれた一本道に入り、周りには民家が一軒もなかった。街灯もなく、ほとんど足元も見えなかった。なにかあっても、助けはないのだ。

「……なんで⁉　夢と同じじゃない！」

真希は、走るしかないと思った。追っ手をまこうと思ったのだ。ヒールのあるパンプスで、何度も転びそうになりながら、なんとかバランスをとって懸命《けんめい》に走った。

ところが、その距離は離れるどころか、むしろどんどん近づいてくる。ハー、ハー、ハーという男の息づかいが、より激しく、耳元に迫ってくる。

呼吸が苦しくなった。もうダメ……。

そのとき、一本道をぬけ、住宅街の明かりがあらわれた。真希の自宅だ。

「助かった……」

と、ほっとした。

そのとき、ぬっと大きな人影があらわれた。目の前に姿を現したのは父だった。

「……パパ！」

手を振《ふ》った。

「おい、急に電話してきて、どうした？」

真希は、息を切らせながら、倒《たお》れ込《こ》むように父の胸《むね》に顔をうずめた。真希は、途中《とちゅう》、スマホで父を呼び出していたのだ。

「ああ、助かった……」

そのとき、ハー、ハー、ハー…という息づかいがして、男が真希のすぐうしろを通り過ぎようとするのがわかった。何事も起きなかった。

夢と同じような状況《じょうきょう》だったから、勘違《かんちが》いしただけか……。真希がそう思った瞬間《しゅんかん》、男はすれ違いざま、小さな声で言った。

「……なんだよ、夢と違うじゃねぇか」


（原案　都市伝説、翻案　蔵間サキ）

小さな亡命者《ぼうめいしゃ》

この国にいてはダメだ。

――少年は、そう思った。

大陸の中央部《ちゅうおうぶ》にあるその国は、独裁者《どくさいしゃ》が支配《しはい》していたときには、それほど大きな混乱《こんらん》がなかったが、皮肉《ひにく》なことに、数年前に民主化運動が始まってから国が分裂《ぶんれつ》し、激《はげ》しい紛争《ふんそう》が起こるようになった。

選挙で勝利した政党《せいとう》の不正がうたがわれ、反対勢力《せいりょく》の野党《やとう》や国民は選挙のやり直しを求めたが、大統領《だいとうりょう》がこれを突《つ》っぱねたことで、大きな抗議《こうぎ》運動に発展《はってん》した。

過激化《かげきか》する抗議運動に対し、大統領は武力《ぶりょく》でこれを制圧《せいあつ》しようと、武装《ぶそう》した警官隊《けいかんたい》を大量に送《おく》り込《こ》んだ。警官隊は、大統領府前に集まった群衆《ぐんしゅう》に向けて発砲《はっぽう》し、何百人という市民が流血《りゅうけつ》で倒《たお》れた。そして、政府の抵抗《ていこう》勢力と見られた人々は次々と逮捕《たいほ》された。

しかし、抗議《こうぎ》運動は鎮静化《ちんせいか》するどころか、かえって全国に拡大《かくだい》し、毎日のように各地で衝突《しょうとつ》が繰《く》り返《かえ》されるようになった。

その余波《よは》は、少年の住む小さな村にまで及《およ》んでいた。

その夜、村に数十人の警官隊がやってきて、家々を捜索《そうさく》して回った。抗議運動で警官を殺した若者《わかもの》のグループを探《さが》しているという。「若者たちがこの村に逃《に》げ込《こ》んだ」という情報を聞きつけてきたのだ。

警官隊が順に家を回っていると、ある家で突然《とつぜん》、銃撃戦《じゅうげきせん》がはじまった。かくまわれていた若者たちが発砲し、反撃《はんげき》に出たのだ。

そのとき、少年は、すぐそばの養護施設にいた。

「ここは危《あぶ》ない。さぁ、教会まで逃《に》げましょう」

施設の先生に導《みちび》かれ、子どもたちは避難《ひなん》することになった。街灯《がいとう》のない草原のなかの道を裸足《はだし》で走った。

村のはずれにあるその小さな教会に入ると、すでに何人かの村人が避難《ひなん》していた。正面の扉《とびら》を固《かた》く閉じ、彼らは祭壇《さいだん》のもとに身を寄せ合った。その数、約30人ほど。

まだ遠くのほうで、散発的《さんぱつてき》に銃声《じゅうせい》が響《ひび》いている。

それからどれほどの時が経《た》っただろうか——。銃声がやみ、あたりは静かになった。もう危《き》険《けん》は去ったのだろうか。

と、そのとき、教会の外で警官隊の声が響いた。

「いたぞ！　こっちだ！」

それとほぼ同時に、銃をもって逃げていた若者2人が教会の裏口《うらぐち》から現《あらわ》れた。息を切らせながら、「しー‼」と指で合図《あいず》し、人々の輪のなかにまぎれ込んだ。

少年は、ここにいたらまずい、と直感的に思った。

「周囲を包囲しろ。ここから入るぞ」

そして、直感を裏づけるように、そんなささやき声が、外から聞こえた。

「襲《おそ》ってくる。逃げよう」

少年は、周《まわ》りの者に言ったが、誰《だれ》も動こうとしない。ただ身体《からだ》を強《こわ》ばらせて、固まっている。

「警官隊が入ってくるぞ」

少年は、もう一度そう言って、ひとり立ち上がった。そして、教会の正面入口に向かって中央の通路を走り出した。少年のあとについてくる者は、誰もいない。

そのときだ。

「いたぞ！」

警官隊が裏口から現れ、容疑者《ようぎしゃ》か一般人かを確《たし》かめることもせず、そこにいる人々に向けて銃を撃《う》ち込みはじめた。

「やめろ、子どもがいる！」

先生の叫《さけ》び声《ごえ》と悲鳴が上がる。

しかし、銃声は容赦《ようしゃ》なく続いた。

キャー！

子どもたちの声が教会内にこだました。何の罪《つみ》もない子どもたちが銃撃戦に巻《ま》き込《こ》まれた。

少年は、警官隊に気づかれないように腰《こし》をかがませて扉のところまでたどりつくと、その重《じゅう》厚《こう》な扉を全身の体重をかけて押《お》した。

扉はやっと動く程度《ていど》で、わずかな隙間《すきま》ができただけだったが、少年にはそれで十分だった。

身を押し込んで外にすり抜《ぬ》けると、そのまま後ろも振《ふ》り向《む》かず、林に逃《に》げ込《こ》んだ。しかし、どれだけ逃げても、銃声と悲鳴は少年の耳もとから消えることはなかった。

「なぜ、僕らが襲《おそ》われなければいけないんだ……」

いくら考えてもわからなかった。少年の顔は涙《なみだ》でぬれていた。

林のなかをただ真っすぐに、道なき道を走りつづけた。そして、ついに持てる力を使い果たし、転《ころ》がるように大地に倒《たお》れ込んだ。

少年には、ただ一つだけわかったことがあった。

「この国にいてはダメだ」

樹々《きぎ》の間から差し込む朝日に照《て》らされ、少年は目を覚《さ》ました。彼は、林のなかで仰向《あおむ》けで寝てしまっていた。気を失っていたというのが正確かもしれない。

そのとき、出稼《でかせ》ぎのために村を出たきり何年も戻《もど》ってこない父の言葉を思い出した。

——東に行けば大河がある。その大河を渡《わた》れば隣国《りんごく》だ。父さんは、隣国に行って働いてみようと思う。

少年の母は、彼が小さいときに亡《な》くなっていた。父親もいなくなり、そのため少年は養護施設で暮《く》らすことになったのだ。なぜ父さんは、僕をおいて行ってしまったんだろう。

「父さん、僕もそっちに行くよ」

少年は朝日の昇《のぼ》る方角《ほうがく》に向けて歩きはじめた。自力で隣国にいる父のもとに行こうと思った。

街には、警官隊があちこちにいた。昨夜の恐怖体験《きょうふたいけん》が脳裏《のうり》に焼《や》きついている少年は、ひたすら林や森をくぐりぬけていった。

小川で水を飲み、木の実をとって空腹を満たした。裸足の足は傷《きず》だらけで悲鳴をあげていたが、歩みを止めるわけにはいかなかった。

そうして村を出てから10日目、ついに国境の大河を視界《しかい》にとらえた。

河の流れは雄大《ゆうだい》で、向こう岸は果てしなく遠くに感じた。泳ぎが得意《とくい》ではない少年は、不安になった。しかも、国境警備隊《こっきょうけいびたい》らしきボートが水上を頻繁《ひんぱん》に行《い》き交《か》っている。

少年は、いったん河沿いの草むらに身をひそめ、日が暮れるのを待った。

日が暮れると、電灯のない河べりは真っ暗になった。しかし、警備は続いており、四方にサーチライトを照らす警備隊のボートがあちこちに見られる。

――でも、行くしかない。

少年はタイミングを見計《みはか》らい、一艘《いっそう》のボートが目の前を過ぎ去ると同時に、静かに河に身を沈《しず》め、泳ぎを開始した。

河に入ってみると、驚《おどろ》くほど流れは速く、少年の身体はどんどんと下流に流されていった。少年は必死で手足を動かし、向こう岸をめざした。しかし、暗闇《くらやみ》のなかでは、いったいどこが向こう岸なのか、ほとんど判別《はんべつ》がつかなくなった。

信じられないほど長い時間を泳ぎ続けた。すでに体温は奪《うば》われ、手足の感覚はなくなっている。だんだんと意識も遠のいていた。このまま死ぬのだろうか。

そう思ったとき、月明かりに照らされた向こう岸の輪郭《りんかく》がすぐそばに見えた気がした。

「もうすぐだ……」

そう思った瞬間、

――ズキューンッ！

銃声《じゅうせい》が響いた。

それから何が起きたのか、少年は覚えていない。前に進んでいるのか、流されているのかわからないまま、必死にもがき続けた。

次に気づいたとき、つま先に砂利《じゃり》の感覚をとらえた。ようやく浅瀬《あさせ》まで来た。なんとか向こう岸に着いたようだ。

「助かった……」

少年はうつぶせに倒れ込みながら呼吸《こきゅう》を整え、少しの喜びをかみしめた。

すると、頭上で誰かが言った。

「立て!」

見つかったか……。

「お前は帰るんだ」

顔をあげると、それは銃を持った警備兵だった。月影《つきかげ》になり、表情はわからない。

「……お願いします。助けてください。僕は、隣国から逃げてきたんです」

少年は、必死に哀願《あいがん》した。

すると、警備兵はゆっくり身をかがめ、その顔をぐっと近づけてきた。

「お前は帰るんだ！」

その顔は、少年の父だった。

「父さん……!!」

驚いた少年は、父に飛び乗るように抱《だ》きつき、「よかった！」と嗚咽《おえつ》した。

「……父さん、会いにきたよ！　なんで、僕を置いていったの!?」

父は、少年の身体をきつく抱きしめた。しかし、それはほんの一瞬のことだった。父は、すぐに少年を身から離《はな》した。

「お前は帰るんだ!!」

それだけ言うと、さっと立ち上がり、また銃《じゅう》を構《かま》えた。隣国に渡った父は、隣国の兵士になり、国境を守っていた。父親が自分の顔を忘れるはずがない。たとえそれが自分の子どもであっても、亡命をはかって河を渡ってくる者を通さない。それが隣国の兵士となるための条件だったのだろうか。射殺《しゃさつ》されないだけでもマシなのかもしれない。でも、一言《ひとこと》くらい言葉をかけてほしかった。

「父さん、どうして……」

少年は泣いた。なぜ、父は助けてくれないのか……。そう思いながら、少年はふたたび気を失った。


どれくらい眠っただろうか。少年は草むらのなかで目を覚ました。もう逃げる場所はない、もう死んでもいいんだ……。耳元で河の流れが聞こえる。

周囲を見回すと、見覚えのある風景。そこは自分の国の側の河岸《かわぎし》だった。河に飛び込んだ場所だ。

右肩《みぎかた》に激痛《げきつう》を感じた。見ると、右肩に銃弾《じゅうだん》が貫通《かんつう》したような大きな傷跡《きずあと》があり、血がにじみ出ている。

「どういうことだろう」

肩をおさえながら、少年は何があったのか思い出した。

夜、河を渡ろうと泳ぎはじめた。途中《とちゅう》、警備船に見つかり、銃撃を受けた。肩の傷は、そのときのものだろう。それから、向こう岸にたどりつき、父さんに会った……。

いや、父のイメージはあまりにも漠然《ばくぜん》としている。あれは現実ではなく、夢《ゆめ》だったのではないだろうか？

おそらく、銃撃を受けたショックで意識を失い、河に流され、偶然《ぐうぜん》、もとの河岸に戻《もど》されたのだろう。

しかし、夢とはいえ、「お前は帰るんだ……」という父の声が、生々しく少年の心に響いた。

「もしかしたら、僕が夢のなかで渡ろうとしたのは、目の前を流れる大河ではなく、あの世とこの世の間を流れる川だったのかもしれない……。あのまま渡っていたら、僕は本当に死んでいたのではないだろうか。父さんは、僕を助けるために、あえて追い返したんだ……」

少年にはそう思えた。だとすると、向こう岸にいた父は、もうこの世にはいない、ということになる。

そして父は、目の前の国境の大河を渡ってはいけない、と諭《さと》していたんだとも思った。隣国も、長年紛争《ふんそう》が続いている。もしかしたら、自分の国よりもひどい状態《じょうたい》なのかもしれない。父はそのことも教えてくれたのではないだろうか――。

どこに逃げても、安住《あんじゅう》の地などはないのかもしれない。少年は、河に背を向けて立ち上がった。

「僕はこの国から逃げない！　自分の力でこの国を変えていこう」

自分の村を目指して歩きはじめたその足取りは、以前よりもずっと力強さを増していた。

（作　蔵間サキ）

復讐《ふくしゅう》

はじまりは、ひとつの悲劇《ひげき》だった。

男は、大学を卒業してまだ3年しか経っていなかった息子を亡《な》くした。ビルの屋上《おくじょう》から落ちたことによる転落死で、警察は自殺と断定し、捜査《そうさ》は打ち切られた。

しかし、父親である男には納得《なっとく》できなかった。息子が自ら命を絶つなんて、考えられなかったし、信じたくなかったのである。警察は頼《たよ》りにならない。男は自分の手で、息子の死の真相を調べることにした。

息子の足跡《あしあと》を自らたどり、探偵《たんてい》を雇《やと》い、男は真相を知るために、ありとあらゆる手を尽《つ》くした。どれだけ時間がかかっても、周囲が止めようとしても、男はあきらめなかった。

執念《しゅうねん》とも言うべき父親のその行動が、ついに実を結ぶときがきた。真犯人《しんはんにん》がわかったのである。そして、息子は自殺ではなく、殺されていた。しかも犯人は、息子が必死に就職活動をして入った大企業の社長だった。

男は信じられない思いだった。なぜならその社長は、慈善《じぜん》事業に熱心な人格者としても知られており、息子はまさに、彼のそういう点にひかれて就職したのだ。まさかそんなはずは、と疑《うたが》いながら、男はさらに詳《くわ》しい調査を進めた。すると、予想外のことがわかったのだ。

「あの人が人格者？　とんでもない。あいつは、悪魔《あくま》みたいな男ですよ」

息子と同じその大企業に勤める社員たちの間から、そんな声がいくつも聞こえてきたのだ。

慈善事業をする陰《かげ》で弱小企業から金を搾取《さくしゅ》しているだとか、自分の懐《ふところ》ばかりを潤《うるお》しているだとか、自分の罪《つみ》を隠《かく》すために社員を身代わりにしているとか、邪魔《じゃま》な人間は殺し屋を雇《やと》って始末しているとか……人々の恨《うら》み辛《つら》みは集めてみるとキリがなかった。社長を憎《にく》んでいるのは、男だけではなかったのである。

そして、社長のせいでひどい目にあったという人々は、はっきりと口をそろえた。

「あんな極悪非道《ごくあくひどう》な男、自分も許せない。あいつに復讐《ふくしゅう》するなら、喜んで協力しますよ」

こうして多くの同志を得た男は、社長に復讐することを決意したのだった。

息子はあいつに殺されたのだから、自分があいつを殺してやる。男はそう考えた。最初は社長の悪事の一部始終を社会に告発してやろうと思ったのだが、金や権力で揉《も》み消《け》されてしまう可能性がある。やはり、あいつを生かしておくことはできない。社長を殺せば、自分が殺人罪で逮捕《たいほ》されることは、男も承知《しょうち》のうえである。むしろ、逮捕されれば裁判《さいばん》になるだろう。そうすれば、裁判で社長の罪を訴《うった》えることができる。男は、自らを犠牲《ぎせい》にして、憎《にく》き社長の化《ば》けの皮をはがし、息子の無念を晴らすことに決めた。

男は念入りに計画を立て、社長に恨《うら》みを抱《いだ》く何人かの人々の協力も得て、復讐《ふくしゅう》を実行する算《さん》段《だん》をつけた。社長が国際会議場で、「企業が世界の環境問題のためにできること」という題目で講演を行う日が、決行日だ。ふだんは何人も護衛《ごえい》をつけている社長だが、講演のときは演壇《えんだん》で一人になる。こんな絶好の機会をみすみす逃《のが》す手はない。

男は、その講演会を最前列で見る手はずを整えた。同志の一人が手配してくれたのだ。講演会の案内状を手に、男は、運命の日が訪《おとず》れるのを指折《ゆびお》り数えて待ち続けた。

そして、運命の日が訪れた。

男はスーツに身を包み、国際会議場に向かった。すぐに会場に入ってもよかったが、まずは、社長がどんな顔をしてやってくるのかこの目で見ておきたいと考え、会議場の入り口が見通せる場所に立った。ぎりぎりと、男は拳《こぶし》をにぎりしめた。

間もなく、警備員《けいびいん》たちが立つ国際会議場の入り口に、やたらと長い白塗《しろぬ》りのリムジンが横づけされる。運転手が即座《そくざ》に降《お》りてきて、せかせかとした足取りで後部座席に回《まわ》り込《こ》み、ドアを開《あ》けた。

ぴかぴかに磨《みが》かれた靴《くつ》が、ぬっとドアの隙間《すきま》から現れた。降りてきた社長は、60代とは思えないほどの体格で、ハト胸《むね》の体に海外ブランドの高級スーツがイヤミなほど似合《にあ》っていた。

会場に向かって悠然《ゆうぜん》と歩く社長を、男は鋭《するど》い目でにらみつける。護衛《ごえい》に囲《かこ》まれて、どんどん入り口に向かってゆく社長の背中《せなか》に今すぐ飛びかかりたい衝動《しょうどう》を、男はなんとか抑《おさ》えた。

まだだ。今はまだ、失敗する可能性が高い。決行するのは、講演会が始まってから。あいつが油断したスキをとらえ、息子の名を呼《よ》びながら、あいつに躍《おど》りかかるのだ。

一歩、また一歩。社長が高級な革靴《かわぐつ》を会場に運んでゆく。顔には、この世のすべてが自分のものであると確信しているかのような、品のない、ゆるみきった笑いが浮《う》かんでいる。

そのとき、爆音《ばくおん》が上がった。黒煙《こくえん》が空へと噴《ふ》き上《あ》がり、大蛇《だいじゃ》のように伸《の》びていく深紅《しんく》の炎《ほのお》が、地面や建物を形づくっていたコンクリートを宙《そら》高く舞《ま》い上《あ》げた。煙《けむり》の黒と炎《ほのお》の赤。毒々《どくどく》しいまでのコントラストに、純白のリムジンは一瞬《いっしゅん》でのまれた。会場に向かっていた社長の姿《すがた》も、何人かの護衛《ごえい》の姿も、もはやそこには見つけられない。

男もまた爆風《ばくふう》を浴《あ》びて、十数メートルも後方に吹《ふ》き飛《と》ばされていた。地面に倒《たお》れたまま、耳元で巨大《きょだい》な鐘《かね》を鳴らされたかのように、ぐわんぐわんと不快な音が鳴《な》り響《ひび》く。その音に、何人もの悲鳴《ひめい》や叫《さけ》び声が折り重なって、阿鼻叫喚《あびきょうかん》の旋律《せんりつ》が奏《かな》でられていた。

ゆがむ視界《しかい》の中に大破した国際会議場を見ながら、男は、講演会はどうなるんだと、的《まと》はずれなことを思った。

社長は死んだ。彼についていた護衛や、会場のガードマン、さらには講演会を聴《き》きにきていた一般市民も十数名が命を落とした。この事件は、ある宗教の過激派組織による無差別テロであると断定された。社長個人をターゲットにしたわけではなく、ただ単に大勢が集まる場所を狙《ねら》った犯行だったらしい。

青空を粉砕《ふんさい》するような非人道的なテロ行為《こうい》に、報道は過熱した。なんの罪もない市民が数多く犠牲《ぎせい》になったことを国中が悼《いた》み、テレビでは犠牲者《ぎせいしゃ》をしのぶ特番がいくつも組まれた。その中では、社長の人生までもが美しく語られた。

病室でその番組を見た男は、愕然《がくぜん》とした。オモテの顔は人格者として名前が知《し》れ渡《わた》っていた社長がテロによって爆死したことはセンセーショナルに違《ちが》いなく、話題になるのは理解できる。男が理解できなかったのは、社長について語る人々の言葉だった。

「あの人は、本当に尊敬《そんけい》できる人でした。あれほど慈愛《じあい》に満ちた人はいませんよ」

「惜《お》しい人を亡くした、というのは、こういうときに使う言葉なのでしょうね……」

「若《わか》い頃《ころ》からの付き合いですが、彼は、そうとう苦労したんです。それが、報われたと思ったのに、まさかこんなことに……。犯人を憎《にく》みますよ。彼を返せと言ってやりたい」

社長は素晴《すば》らしい人物だった。この国に必要な人だった。あんな傑物《けつぶつ》とはもう二度と会えないかもしれない。彼を失ったこの国は、どうなってゆくのだろう……。

インタビューに答える人はみな、目に涙《なみだ》を浮《う》かべてそんなことを語ったのである。そこには、社長の非道ぶりを男に語った人々の姿もあった。

男は、入院中の病院のベッドのなか、包帯の巻《ま》かれた手で顔をおおった。

息子の復讐《ふくしゅう》を自らの手で果たすことのできなかった虚無感《きょむかん》。

悪人なのに、死んだとたん、神のようにあがめられてしまうことの理不尽《りふじん》さ。

そこに自分が何を叫《さけ》んだところで誰《だれ》も聞いてはくれないのだろうという無力感。

あれだけ同情的で協力的だった同志に、手の平を返された孤独《こどく》感。

ありとあらゆる感情が、男の胸を内側から破らんばかりの勢《いきお》いで、あふれ上がってきた。

ぎりぎりと拳《こぶし》をにぎりしめる。手の平に爪《つめ》が食い込《こ》み、鋭《するど》い痛《いた》みとなったが、男はかまわず拳を振り上げた。しかし、叩《たた》きつける相手も見つからないまま、拳はむなしく男の膝《ひざ》を叩き続けることしかできなかった。絞《しぼ》り出《だ》すような声だけが、一人きりの病室に響《ひび》いていた。

「俺の息子を……俺の復讐《ふくしゅう》を返せ！」

（作　桃戸ハル、橘つばさ）

クルマも電話もないけれど

新太《しんた》は今年で二十歳《はたち》になる。働くわけでもなく、かといって勉強をするわけでもなく、恋人も、友人と呼《よ》べる相手もろくにいない。一日中、家の中でごろごろしたり、とつぜん思い出したように外出しても、ちょっと近所の川原《かわら》を散歩《さんぽ》して帰ってくるだけといった、およそ健康的な若者とはほど遠い生活を送っていた。

新太を心配する母親は、ときどき彼に小言《こごと》を言う。

「新太。あんたももういい年齢《とし》なんだから、働いたらどう？」

しかし新太は黙《だま》ったままだ。また始まったと思っているのだ。畳《たたみ》の上に寝《ね》っ転《ころ》がって天井《てんじょう》を見上げている。母は続ける。

「裏《うら》のおじさんのところで、大工《だいく》の手が足《た》りないって、人を探《さが》しているよ。なんなら私が頼《たの》んであげるから、雇《やと》ってもらったら？」

新太は天井を見上げたままつぶやく。

「大工って、ただトンカチでトンカントンカンするだけだろ。東京スカイツリーは、『ナックル・ウォール工法《こうほう》』で建《た》てられたらしいけど、そういう何やらすごいことをやらせてくれるっていうなら、興味《きょうみ》がないでもないけれど。おじさんのところはそういうのもやっているのかい?」

「あんたの言っていることはよくわからないけど、そんな話は聞いたことがないね」

「じゃあ、だめだ。そんなもの、なんの楽しみもありゃしない」

新太はふて腐《くさ》れたように母に背中《せなか》を向けると、たぬき寝入《ねい》りを始めてしまった。いつもこんな調子だから、そのうち母親は新太に何かを言うことはなくなってしまった。

ある日のこと。気持ちのよい秋晴《あきば》れだったので、新太は久しぶりに外へ出かけた。家の前の舗装《ほそう》されていない小道を歩き、黄金色《こがねいろ》の稲穂《いなほ》が美しく広がる田んぼの脇《わき》を通《とお》り抜《ぬ》けていく。近所の見知った顔が何人も、米の収穫《しゅうかく》に精《せい》を出していた。その中の一人、幼《おさな》なじみの次郎《じろう》が新太を呼び止《よと》める。

「よう、新太。お前はヒマなのか? ちょっと収穫の手伝いをしてくれ。うちの田んぼは広すぎてさ。人手《ひとで》が足りないんだよ」

田んぼの真ん中《まなか》から手を振《ふ》る次郎に、新太は答えた。

「だったら機械を使えばいいじゃないか。なんでおれが自分の手で、米を収穫しなきゃならないんだ。お前のところはコンバインの一《ひと》つも持っていないのか？」

「何だって？　よく聞こえなかったが」

「米を収穫する、あのコンバインだよ。そんなに広い田んぼなら、あったほうが便利だぞ。親父《おやじ》さんに言ったほうがいいぞ」

新太の話に、次郎はこれは駄目《だめ》だというふうに肩《かた》をすくめた。そして無言で自分の仕事に戻《もど》っていく。たまに外を歩けばいつもこんな調子で、最近では誰《だれ》も新太に声をかけなくなっていた。

近所では、新太はこんなふうに噂《うわさ》されている。

「あいつは働きもしないいろくでなしだ」

「自分は頭がいいと思って、まわりを見下しているんだ」

「口先だけはいっちょ前だけど、自分じゃ何もできないやつだ」

そんな悪口や陰口《かげぐち》は聞きたくないから、新太はまた家に引きこもるようになるのだった。

それからしばらくのこと。ふだんは寡黙《かもく》な父親が、自分の部屋に新太を呼《よ》びつけて言った。

「お前は、自分の将来《しょうらい》のことを考えなくてはならない。やりたいことはないのか。なんでもいい。何を目指すにも、時期が遅《おそ》いということはない」

新太は正座《せいざ》して黙《だま》っている。父親は続ける。

「新太、お前はまわりの連中の言うような『ろくでなし』なんかじゃない。むしろ、頭がよすぎるんだろう。だからやる前から『自分には向いていない』とあきらめてしまっているんじゃないか？　もしも夢《ゆめ》があるなら、まずは挑戦《ちょうせん》してみたらいい」

父親は新太の顔をじっとのぞきこんだ。やがて新太は根負《こんま》けしたようにうなずくと、渋々《しぶしぶ》といった調子で答えた。

「学びたいことなら、あるにはあるけれど」

「おお、やはりそうか。言ってみなさい。専門《せんもん》を学ぶための場所なら探《さが》してやれるだろうし、どこかへ弟子入《でしい》りする手もある」

「おれは学校に行きたい」

「学校？　それは何をするために行くんだ？」

「コンピュータの勉強をしたいんです」

「コン……？」

父親は、これは困《こま》ったぞという表情を浮《う》かべた。その反応があまりに予想通りだったので、新太は思わず首を振《ふ》る。

「いや、やっぱりなんでもないです。どうせ無理なことだってのは、自分でも分かっているから……」

新太は大きくため息をつくと、立ち上がり、父親の前から逃げ出した。夕暮《ゆうぐ》れ時で、家にいたくはなかったので、新太は久しぶりに外に出た。秋は終わりつつあり、風は冷たかった。

新太は土手《どて》に座《すわ》り込《こ》んでぼんやりと川面《かわも》を見ていた。どのくらいそうしていただろう。自分でも分からなかったが、そのうち彼の背後《はいご》に近づく人影《ひとかげ》があった。

「新太、こんなところにいたの？」

姉の雪《ゆき》だった。

「なんだ、姉さんか」

新太はほっとしたような表情を浮かべる。もう周囲の誰もまともに相手にしてくれない新太の言うことを、今も真剣《しんけん》に聞いてくれるたった一人の人物だったからだ。雪は新太の隣《となり》に座る。

「お父さんも、あんたを心配しているのよ」

「それは分かっているよ。でも、どうにもできないんだ。何もやる気が起きない。おれはなんてつまらない世界に生きているのだろう」

「そんな落《お》ち込《こ》まないで。姉さんがついているからさ」

なぐさめるような雪の口調に、新太はそっぽを向いた。

「姉さんは、もうすぐ嫁《よめ》に行くだろう。姉さんが家を出たら、おれは今度こそ誰とも話さなくなるだろうな」

「便《たよ》りを送るから、心配しないで」

「便りだなんて。そんな時間のかかるもの、待っていられないよ。せめて電話があればいいのに」

「電話？」

雪は首をかしげた。

「新太は前からときどき変な言葉《ことば》を使うよね。電話って何のこと？」

新太は姉の目を見ず、ため息をついて答えた。

「電話というのは、遠くの人と話ができる道具さ」

「遠くってどのくらい？」

「遠くってのは遠くさ。どのくらい遠く離《はな》れていても、こんなふうに話せるんだよ。おれの知っているいちばん新しいやつは、薄《うす》い板みたいな形をしている。それを耳と口のところに当てると、相手の声が聞こえるし、相手にも自分の声が届《とど》くんだ」

「そんなおかしなことってある？　お互《たが》いに大声で話すの？」

「いや、いいんだ。姉さんには、分からなくてもしかたがない」

「ふぅん。よく分からないけど……。そうだ。もし寂《さび》しいなら、姉さんに会いに来なよ。いつでも歓迎《かんげい》するわ」

新太はさっきよりも大きなため息をついた。

「姉さんの嫁《とつ》ぎ先まで歩いたら、2日もかかるじゃないか。はぁ……クルマがあったらあっという間に着くのにな」

「くるま？　それは何？」

「クルマっていうのは、ものすごい速さで移動できる乗り物のことだ」

「乗り物？　籠《かご》のこと？」

「違《ちが》うよ。人が運ぶんじゃないんだ。人はただ座っているだけでよくて、それなのに馬の何倍もの速さで移動できるカラクリなんだ」

「そんな夢みたいな乗り物があるわけないでしょう。はぁ……姉さんもさすがに呆《あき》れたわ。ほんと新太って、想像力だけは立派《りっぱ》なのね」

姉は新太に負けじと大きなため息をついた。しかし、新太は姉のことを責める気にはなれなかった。ただ思う。

やっぱり、今の世の中では退屈《たいくつ》だ。

新太には、子どもの頃《ころ》から人にはない特別な力があった。ただし、日常生活に役立つことはまったくない。その力のせいで、新太はこれまでにたくさんの夢や希望を失ってきたのだ。

彼の生きている時代は江戸の世で、第３代将軍《しょうぐん》・徳川家光《いえみつ》様が治める時代だ。人々はおおらかで、自然にあふれ、戦《いくさ》もなくなり、たいへんに平和だ。しかし、新太にとって、それはとても退屈《たいくつ》な日々だった。

新太の特別な力とは、目を閉《と》じると未来の世界をのぞき見ることができるというものだ。ただし、見聞きできるのは３００年以上も先の未来である。集中すれば４００年近く先まではのぞける。その時代、世の中には、「テレビ」や「映画」、「ゲーム」などと呼ばれる娯楽《ごらく》があふれ、「クルマ」や「飛行機」でどこにでも出かけることができるようだ。道路はきれいに舗装《ほそう》され、「鉄筋《てっきん》」や「コンクリート」を使った頑丈《がんじょう》で大きな建物にたくさんの人が住んでいる。そんな世界、そんな時代がいつかやって来ると分かっているのに、新太はそんな世の中を眺《なが》めるだけで、体験《たいけん》することができない。

未来が見えるだけで、そういう新しい装置《そうち》を発明できるわけでもなければ、しくみも分からない。「パソコン」も、「スマホ」も、自分が生きているうちには絶対に発明されない。だから新太は、何をやっても楽しく感じないし、何もする気が起きないのだ。

すっかり日が暮《く》れ、川面《かわも》に映《うつ》る月に向けて話しかけるように、新太はぼそりとつぶやいた。

「つまんないな。おれは生まれる時代を間違《まちが》えたんだ。もっと先の世に生まれていたら、どんなに楽しかっただろうか。おれは大学に行って、新しい建築《けんちく》の勉強をしてみたかった。それに、子どもの頃はマンガを読んだりテレビゲームで遊んだりして、楽しかったに違いない。未来の人たちがうらやましい。モノや娯楽にあふれていて、きっと退屈《たいくつ》なんてする暇《ひま》もないだろう」

新太がそんなことをつぶやいたおよそ400年後。新太の家のあった場所には立派《りっぱ》なマンションが建《た》っていた。その一室で、小学生の子どもが母親に小言《こごと》を言われていた。

「何言っているの、新一《しんいち》。先月、買ってあげたばかりでしょう。新しいゲームなんて買いませんよ!!」

「えー、だってだって、あのゲーム、もう飽《あ》きちゃったよ」

「知りません。まったくこの子は、遊んでばかりいて」

母親の小言から逃《に》げ出《だ》すように家を飛び出すと、彼はふて腐《くさ》れたようにつぶやく。

「あーあ。つまんない。退屈な世の中だ」

（作　高木敦史）

独立騒動《どくりつそうどう》

「ふざけんな！　こんなデザインでクライアントが納得《なっとく》すると思うのか!?　おまえは何を聞いてたんだ？　イチから出直してこい、バカ野郎《やろう》！」

「ちょっと、バカはどっちなの？　この広告は、この色と形じゃないと意味ないじゃん。ロク、頭カタすぎ。頭蓋骨《ずがいこつ》のナカミ、お豆腐《とうふ》にでも替《か》えてきな!!」

「エイトは、奇《き》をてらいすぎなんだ。より多くの人に訴《うった》えかける広告を作ることも考えろ！　アピールすべきは、おまえの自己満足《じこまんぞく》なセンスじゃなくて、商品の魅力《みりょく》だろ！」

「だから、ダサイもの作れって？　そんな仕事、うちの事務所が受ける意味はない!!」

火花を散らせる2人の様子を見ながら、社員たちは苦笑《くしょう》まじりの顔を見合わせた。彼らの言い合いはよくあることで、むしろ彼らの言い合いこそが、このデザイン事務所をここまで成長させてきたことを全員がわかっているからだ。

デザイン事務所「シックス・エイト」は、「ロク」こと龍澤六郎《たきざわろくろう》と「エイト」こと加藤永人《かとうえいと》の2人が共同経営者となって、数年前に起業した。美大で出会った2人は、性格こそ違《ちが》うものの、「時代を創《つく》るような広告を生み出してやる」という同じ志《こころざし》をもつ者同士で意気投合《いきとうごう》し、このデザイン事務所が生まれたのだ。

2人とも意識が高いために、ぶつかることもしばしばで、こうした小競《こぜ》り合《あ》いは日常茶飯事《にちじょうさはんじ》だった。いわば、2人とも自分の意見をはっきり言い合うことで——ロクはわかりやすく声を荒《あら》らげ、エイトは冷たささえ感じさせるほど低温で追《お》い込《こ》むことで——それぞれの頭の中や気持ちを整理しているのである。

そして、そんな小競り合いのあとには、決まって最高のデザインが生まれるのだった。

だから今回も、「雨降《あめふ》って地固《じかた》まる」結果になると、社員たちは信じて疑わなかった。

しかし、今回の雨はいつもより激《はげ》しく降り続け、なかなかやむ気配《けはい》がなかった。

「いい加減にしろ、エイト！　ガキじゃないんだから折《お》り合《あ》いをつけるべきところはつけろ！」

「ロクこそ、なに寝《ね》ぼけたこと言ってんの？　前はこんなことで妥協《だきょう》しなかったじゃん」

「遊びじゃないんだ！」

「わかってるよ、だからプライドもってやってんじゃん！」

イスを蹴《け》り倒《たお》して立ち上がり、額《ひたい》を寄《よ》せてにらみ合う2人の様子を見て、とうとう社員たちは、「これはいつもの小競り合いではない」と思い始めた。若き経営者たちより年長の社員が仲裁《ちゅうさい》に入ったのだが、時《とき》すでに遅《おそ》し、だったらしい。

「エイト……おまえとは、もうやっていけないみたいだな」

「そうだね。ロクが、ここまで分からず屋だとは思わなかったよ」

最後に、真正面から強烈《きょうれつ》な眼光《がんこう》を向け合った2人のさまは、刀を構《かま》えて対峙《たいじ》する剣豪《けんごう》同士《どうし》のように社員たちには見えた。

こうして、デザイン事務所「シックス・エイト」は、2つの会社に分裂《ぶんれつ》することとなった。今ある事務所はロクがそのまま引《ひ》き継《つ》ぎ、ただし社名を「龍澤デザイン事務所」と改めた。

エイトはそれを「ダッサイ名前」とあざ笑い、「ほっとチョコレート」というデザイン事務所をあっという間に立ち上げた。

「シックス・エイト」にいた社員たちは、自分がどちらについていくかの選択《せんたく》に迫《せま》られたが、決断は、それほど難《むずか》しいことではなかった。履歴書《りれきしょ》をもとに採用《さいよう》試験《しけん》を行って入社、という一般的な採用スタイルではなく、ロクとエイトがそれぞれ目にとまった人間を引っぱって入社させてきたのが「シックス・エイト」だったからだ。だから、ロクが見出した人間はロクのもとに残り、エイトがスカウトした人間はエイトについていけばいいというだけの話で、人数もほとんど同じだった。

こうして、10年近くをともに歩んできた2人の若きデザイナーは、違う道へ、違う一歩を踏《ふ》み出《だ》した。

次々に成功を収《おさ》めていた新進気鋭《しんしんきえい》のデザイン事務所が内紛《ないふん》によって分裂《ぶんれつ》した、という噂《うわさ》は、業界内でも広く知られることとなった。

「シックス・エイト」から「龍澤デザイン事務所」に看板《かんばん》が変わって、1年が経った。半数になった社員たちも、ようやく新しい社名に慣れ、しかしリーダーが1人だけになってしまった環境《かんきょう》には、まだすき間風が吹《ふ》くように感じていた。

ロクに見出された社員たちとはいえ、エイトを嫌《きら》っていたわけでは、けっしてない。自分たちのリーダーは2人で1人。それは半人前だからという意味ではなく、2人がそろえばできないことはないという意味でだ。

正統派のやり方を重んじるあまり視野狭窄《しやきょうさく》におちいることがあるロクに、エイトがオリジナリティあふれるアイデアを出して、話がまとまることも多かった。

アイデアが多すぎるあまりに考えが散らかって収拾《しゅうしゅう》のつかなくなってしまったエイトに、ロクが的確な意見を言って手綱《たづな》をとることで、針路《しんろ》が明確になることも少なくなかった。

2人はいわば、S極《きょく》とN極。両極があるからこそ、多くのものを引きつける磁石《じしゃく》となるのだ。片方《かたほう》がなくなれば、それはただの石に戻《もど》ってしまう。ただの石では、多くを引きつけることができない。

しかし、ロクは、自分がただの石だと認《みと》めるつもりはなかった。1人でもできることを証明しようとするかのように、ありとあらゆる業界から依頼《いらい》をとってきては社員たちにテキパキと作業を割《わ》り振《ふ》り、どんどん仕事をこなしていった。

思わぬ噂《うわさ》が流れてきたのは、社員たちが「さすがロクさん」と感心していたときだった。

エイトが率《ひき》いる「ほっとチョコレート」の社員が、「龍澤デザイン事務所」の社員に、こっそりこんな話をしたのだ。

「ロクさん、このあいだ、大手おもちゃメーカーの広告の仕事とってきてましたよね。その直後にエイトさんも、ライバル会社の仕事をとってきたんです。偶然《ぐうぜん》だなって思ったんですけど、そのすぐあとに、今度はエイトさんが化粧品《けしょうひん》のポスターの仕事をとってきて……ロクさんが、2大化粧品会社って言われてる別の企業《きぎょう》から仕事をとったのって、その直後じゃありませんでした？」

気になった社員が調べてみると、ロクとエイトが仕事をとってきた相手とタイミングが、驚《おどろ》くほど近いことがわかった。ロクがお菓子《かし》メーカーからの依頼を受ければ、エイトもそのライバル会社から仕事を請《う》け負《お》い、エイトが子ども服のメーカーから依頼《いらい》を受けた直後に、ロクもベビー服メーカーと交渉《こうしょう》を始めた。

まるで、ロクとエイトは仕事を通して競い合っているようだった。

もはや偶然ではないことを「龍澤デザイン事務所」の社員全員が確信した矢先、世界的に有名な自動車メーカーからの依頼が飛《と》び込《こ》んできた。そして、それと数日違いで、「ほっとチョコレート」にも同業他社からの依頼があったことを、彼らは知った。

心のどこかではこうなることを全員が予想していたので、あわてはしない。しかし、この仕事に対して自分たちのリーダーがどう出るか、ということは気がかりだった。

「それじゃあ、説明したとおりに作業を進めてくれ。『ほっとチョコレート』に、目にもの見せてやろう!!」

パンッと手を叩《たた》いて、ロクはさっさと自分のデスクに戻《もど》ってゆく。広告のデザインやキャッチコピーの候補《こうほ》を出す様子も、部下への指示やダメ出しをする様子も、いつもどおり淡々《たんたん》としている。ふだんなら、その的確な指示に安心して各自の作業に戻る社員たちだったが、今日は誰《だれ》も動かず、ロクの去っていったほうを見つめている。

エイトと競い合うためだけに――エイトを負かすためだけに、仕事をしているのではないか。それで本当に、いい仕事ができていると言えるのか。自分たちのリーダーは、広告という仕事の本質を見失いかけているのではないか。

そんな思いが少し前から社員たちの胸《むね》にはよどんでいて、このよどみをすっきりさせないことには安心して作業が進められない、進む方向が決められない、と全員が考えた。

そして、ついに今日、1人の社員がロクのデスクに近づいて言った。

「ロクさん。いったい、どうしたんですか？　エイトさんがいなくなって、仕事への姿勢《しせい》が変わりましたよね？　依頼がたくさんあるのは、もちろんいいことですけど……でもなんか、ロクさん、ムキになってるっていうか、広告とは違う部分で勝負しようとしてるっていうか……。ロクさんを信じてないわけじゃないですけど、ちゃんと説明してもらわないと……不安なままじゃ、みんな仕事が手につきません」

そう進言されたロクは、頬杖《ほおづえ》をついたまま、印刷を確認《かくにん》するための校正紙から目だけを上げて社員を見た。鋭《するど》い目つきを向けられた社員が、ぐっとノドを鳴らして足をひく。しかし、ロクは機嫌《きげん》を損《そこ》ねた様子もなく、長い足を組み直してつぶやいた。

「じゃあ、お前は、うちのデザインのクオリティが、エイトが出て行ったあと、下がったと思うか？」

「いえ、決してそうは思っていませんが……」

「まぁ、お前たちの心配も、わからなくはない……そろそろ潮時《しおどき》か」

え？　と社員が首をかしげたタイミングで、にぎやかな足音が聞こえてきた。誰もが聞き覚えのあるその音に、驚《おどろ》いた顔を上げる。

「ロクー。うまくやってるかー」

満面《まんめん》の笑顔でロクのデスクに駆《か》け寄《よ》ってきたのは、1年前に出ていったエイトだった。

「ああ、順調だ」

「やっぱり、こうするのがベストだったね。さっすがロク」

言いながら、エイトがどさりと、ロクのデスクの斜《なな》め向《む》かいにあるソファに腰《こし》を下《お》ろす。足をブラブラさせるエイトと、デスクにヒジをついて両手を組み合わせているロクを交互《こうご》に見て、社員たちは、やはり2人は正反対だと思った。

「あの……ロクさん、どういうことなんですか？　どうして、エイトさんが……」

「ああ、そうだ、説明しないとな」

きびきびと立ち上がったロクとは反対に、エイトがいっそうソファの上でだらりと体を伸《の》ばして半眼《はんがん》になる。

「なに、ロク。まだ言ってなかったの？」

「話そうとしたらおまえが来たんだ。でもまぁ、ちょうどいいだろう」

そう言って、ロクは全社員に自分の声が聞こえる場所に立った。

「みんな、聞いてくれ。おれたちは今月、大手自動車メーカーのY社から広告の制作依頼をとることができた。じつは、それと同時期に、S社からも依頼があったんだ。知ってのとおり、S社はY社と肩《かた》を並《なら》べる自動車メーカーだ。ライバル会社からの依頼を同時に引き受けることは、この業界ではタブー。これまでも、同じ業界からの依頼が重なったときは、片方《かたほう》を選ぶしかなかった。しかし、そんなことを続けていたら、作れる広告の数に限界がある。そこで、おれとエイトは一計《いっけい》を案《あん》じることにした」

「相手が2社で、こっちが1社なのがダメなら、こっちも2社になっちゃえばいいってことだからね」

ロクのうしろから、エイトがソファに座《すわ》ったまま声を張る。「そうだ」とロクはうなずいて話を続けた。

「おれたちは仲違《なかたが》いして社内分裂《ぶんれつ》したように見せかけて、1つの会社を2つにした。それが、おれの率《ひき》いる『龍澤デザイン事務所』と、エイトの立ち上げた『ほっとチョコレート』だ――エイトのネーミングセンスはどうかと思うが――そして、『龍澤デザイン事務所』でY社の依頼を、『ほっとチョコレート』でS社の依頼を引き受けることに成功した。今までもそうだ。お菓子メーカー、子ども服メーカー、化粧品メーカー……。おれとエイトはそれぞれに、同じ業界のライバル同士と言われる企業から、仕事を受けてきた。だが、根っこはこれまでと変わらない。『龍澤デザイン事務所』と『ほっとチョコレート』は、2つの異《こと》なるデザイン事務所に見えて、じつはもとの『シックス・エイト』のままなんだ」

「つまり、大きな仕事を2つともゲットするために、一芝居《ひとしばい》と一工夫《ひとくふう》したってワケ。みんな、付き合わせちゃって、ごめんね。ありがとう。ごくろうさま」

ひととおりの挨拶《あいさつ》を列挙《れっきょ》して笑うエイトを見て、ロクが「適当だな」と呆《あき》れたようにつぶやく。それを軽くいなして、クスクスと笑い続けるエイトが、1年前にロクと大げんかして飛び出していったのと同一人物だと、社員たちは信じることができなかった。

ただ、やはりこの2人は2人で1人――2人ともが自分たちの尊敬《そんけい》するリーダーなのだと、すべての社員が改めて、未来を託《たく》す決意をした。


（作　桃戸ハル、橘つばさ）

影《かげ》

某国《ぼうこく》は、窮地《きゅうち》に立たされていた。

少子高齢化《こうれいか》が進み、人口が激減《げきげん》した結果、経済が弱体化してしまったのだ。人手不足により国内の産業は滞《とどこお》り、すると人々に十分な食料や物資がまわらなくなって、物価が上昇《じょうしょう》する。世界のなかでもトップクラスの国力を誇《ほこ》っていた某国だったが、ここにきて、経済の落《お》とし穴《あな》とも言うべき悪循環《あくじゅんかん》にはまってしまったのである。

早急に打開策《だかいさく》を講《こう》じる必要があった。このままでは、世界の中で築《きず》き上《あ》げてきた地位も失墜《しっつい》してしまう。専門家や有識者を一堂に集め、政府は必死に、この状況《じょうきょう》を打破する方法を考えた。

やがて、ひとつの妙案《みょうあん》が打ち出された。

「みなさん。ご自身の『影』を住民登録してください。そうすれば、影にも職が与《あた》えられます。まずは十分な労働力を確保し、我が国の経済力を復活させましょう」

メディアから発信された総理大臣の言葉に、国民は即座《そくざ》にしたがった。自分の暮《く》らす国が世界から孤立《こりつ》することは、そのまま自分の生活の困窮《こんきゅう》を意味する。非現実的ではあったが、その案にしたがうことは、この国に暮らす者の義務であり責任だと、全国民が理解していたのだ。

こうして、100歳《さい》を超《こ》えたお年寄りから生まれたての赤ん坊まで、全国民が自分の影を住民登録し、家族に迎《むか》え入《い》れた。こうして、某国の人口は一夜にして倍に膨《ふく》れ上《あ》がったのである。

正式に国民として認《みと》められた影は、じつに働き者だった。これまで、さんざん人間にくっついて同じ動きをなぞってきたのである。命令にしたがって動くことは、影がもっとも得意とすることだった。

従順《じゅうじゅん》で勤勉《きんべん》な影たちのおかげで、某国はみるみるうちに経済力を取《と》り戻《もど》していった。生産と流通のルートも安定し、世界から孤立する危機《きき》を何とか回避《かいひ》したのである。人間は影に感謝し、総理大臣の声明もあって、影はその後も人間と共存《きょうぞん》する道を得た。

壮年層《そうねんそう》の影はそのまま仕事を続け、子どもたちの影は人間と同じように学校へ通った。少子化も同時に回避され、某国はどんどん活気を取り戻していった。

影は食事をとる必要がない。もとの持《も》ち主《ぬし》である人間が存命《ぞんめい》である限り存在《そんざい》できるというのが強みだった。持ち主が健康であれば影もまた健康であり、持ち主の家には影が働いて得たぶんの賃金《ちんぎん》も舞《ま》い込《こ》んできた。

やがて人間たちは、だんだんと影に依存《いぞん》するようになっていった。あらゆる仕事を影に任《まか》せて、自分たちは働かず、怠惰《たいだ》な暮らしを送り始めたのである。しかし、影にも弱点があった。食事が必要ないというメリットがあるかわりに、彼らは、夜になると消えてしまって使いものにならなかったのだ。

はじめのうち、昼の仕事は影が行い、夜に行うべき道路工事などの仕事は人間が進めるという役割分担《やくわりぶんたん》が考えられた。しかし人間たちは、それすらも嫌《いや》がるようになった。

「そうだ。昼間は節電して暮らし、そのぶんの電力を夜に使って、影たちが消えないようにすればいいんだ」

怠惰な誰《だれ》かの発言は、ほかの怠惰な人々の希望となった。

こうして人間は、昼間に節電し、夜に煌々《こうこう》と明かりを灯《とも》す暮らしを始めた。昼間であれば、太陽の光だけでも影は存在することができる。昼間は自然光、夜は人工灯で無理やりに影たちをつなぎとめ、道路工事や夜警《やけい》といった夜間の仕事さえ、人間は影たちに負担《ふたん》させることにしたのだ。

従順で勤勉な影たちは、最初、人間の言うことを黙《だま》って実行していた。しかし、学校や社会で教育を受けた影たちは、現状の理《り》不尽《ふじん》さに気づいてしまったのである。

「人間の言い分は、エゴにまみれている。われわれは、影の権利《けんり》を主張すべきだ」

こうして、酷使《こくし》され続けた影たちは、人間を相手に反乱《はんらん》を起こした。

影にすべてを任せて自堕落《じだらく》な生活を送っていた人間たちは、影の反乱に大きくおくれをとった。影の軍勢は、まさに影らしく、音もなく人間たちの生活圏《せいかつけん》を侵蝕《しんしょく》し、圧倒《あっとう》していった。食事をとる必要のない影たちの軍勢は疲《つか》れを知らず、やがて人間たちは影の軍勢に競《せ》り負《ま》けた。

某国の実権を、ついに影がにぎることとなったのである。

「これからは、われわれ、影の時代なのだ！」

いつか、人間の総理大臣が影の住民登録を呼《よ》びかけたときのように、誰かの影がすべてのメディアを通して叫《さけ》んだ。その瞬間に、某国内の権力は逆転した。

人間は影に使われるようになった。ここはもともとおまえたちの国なのだからと、影が主張することはもっともだった。影たちは理《り》不《ふ》尽《じん》に虐《しいた》げられてきた分を取り返そうとするかのように人間に仕事を与《あた》え、自分たちの存在意義を着々と積み上げているようだった。

このままでは、国ごと影に乗っ取られてしまう。そう案じた人間たちは、なんとか影の活動範《はん》囲《い》をせばめるべく作戦を練《ね》った。せめて、夜通し国中を照らしている人《じん》工《こう》灯《とう》を消そう。そうすれば、影たちは少なくとも夜の間は存在できなくなる。人間が自由に暮らせる時間を確保するには、それしか方法がなかった。

綿《めん》密《みつ》に準備を進め、機《き》が熟《じゅく》すのを待ち、人間は煌《こう》々《こう》と明るい夜中に一《いっ》斉《せい》攻《こう》撃《げき》をしかけた。人工の光を生み出す施《し》設《せつ》を、全国同時に破《は》壊《かい》しようとしたのである。しかし、今や存在することを望み、国の支配をもくろむ影たちも、生命線を断たれてなるものかと全力で応戦した。

人間と影との攻防は3日3晩――昼も夜もなく明るいせいで正確な判断はできないが――続いた。競り勝ったのは、人間だった。

こうして、夜には夜らしい、かつての闇《やみ》が帰ってきた。人間は久しい夜の平和を取《と》り戻《もど》したのである。

しかし、朝になって太陽が昇《のぼ》れば、影たちが活動し始める。光とともにむくりと身を起こす影たちに、人間は、おびえて過ごさなければならなくなった。昼間は雨戸を閉《し》めきって暗くした家の中に閉じこもり、夜も、できるだけ明かりをつけない生活を送るしか、影たちの脅威《きょうい》から逃《のが》れる術《すべ》はない。必要最低限の生活費を稼《かせ》いで、まるで影のようにひっそりと暮らすことが、人間たちのできる精いっぱいのことになってしまった。

これでは、影の住民登録をする前と、どちらが幸せだったのか――その問いに答えられる人間は、今の某国にはいない。

もう一度、光の下で暮らしたい。

そう願ったところで、それはもう遠い過去に置いてきた夢物語であった。

（作　橘つばさ）

ファン

金がない。今月の給料はもう尽《つ》きた。しかし、いつものことだから、心配はない。米はあるから、ご飯《はん》は炊《た》ける。おかずは梅干《うめぼ》し一つだけだが。

午後5時26分。

私は、お茶碗《ちゃわん》に炊《た》きたてのご飯をよそうと、換気扇《かんきせん》の下に座《すわ》った。

換気扇は丁寧《ていねい》に掃除《そうじ》が行《ゆ》き届《とど》いている。換気扇を掃除する時、何より気をつけなくてはいけないのが、無臭《むしゅう》の洗剤《せんざい》を使うことである。

マブタを閉《と》じて集中する。そして換気扇を回す。

サー

ファンが高速で回転している。私は、鼻孔《びこう》に精神を集中する。

この換気扇はふつうのものではない。外気を室内に取《と》り込《こ》むように改造した、特殊《とくしゅ》な換気扇だ。

角度も最適。私に向かって、風が吹《ふ》く。

スムーズにファンが回っている証拠《しょうこ》だ。そろそろだろう。

サー

「来た!」

私はうなった。

食材が焼ける香《かお》りを感じた。

すぐさまご飯をかき込む。

おそらく、この香《かお》りは豚肉《ぶたにく》のショウガ焼きだろう。

あぁ、いい香りだ!

この香りだけでご飯を食べられる。

私が住む安《やす》アパートの隣《となり》には、定食屋《ていしょくや》の厨房《ちゅうぼう》があり、そこからさまざまなニオイがこぼれてくる。私はそのニオイを集め、おかずにしている。

今度は、大きな鍋《なべ》で、ジャガイモとニンジン、タマネギが炒《いた》められているようだ。

食材を、鍋《なべ》でかき混《ま》ぜながら炒《いた》めているのだろう。

使っているのは木製のヘラだろう。間違《まちが》いない。さらに何かを投入《とうにゅう》。水か？　炒めてから煮《に》るのか？

カレーを作るのか？

それともシチューか？

あー、ドキドキする!!

このドキドキで、3口はご飯が進む。

いったい次のメニューは何だ？

サー

ファンに全神経を集中させる。

「来た‼」

しょう油《ゆ》と出汁《だしじる》の香り――。

おそらく、砂糖《さとう》やミリンも入れているのではなかろうか……。

「肉じゃがか～‼」

私は低い声でうなった。

しょう油と油《あぶら》の焦《こ》げる香り。

ジャガイモとニンジン、シラタキ、肉が混《ま》じり合《あ》う。

「ご主人、また腕《うで》を上げたな」

私は定食屋の主人を大いにほめたたえた。梅干しのスッパさをアクセントに、一膳《ぜん》目のご飯を完食した。

2膳《ぜん》目をお茶碗に盛《も》り、換気扇から提供《ていきょう》されるニオイを待つ。

えっ、このニオイ？

たしかに、そんな季節だけど、隣《となり》の定食屋は、いつからこんな料理を出すようになったのだろうか？　でも間違《まちが》いない。このニオイ――ウナギの蒲焼《かばや》きだ!!　このニオイだけで何杯《なんばい》もご飯が食べられる気がする。私はめいっぱい鼻孔《びこう》を広げて思いきり空気を吸《す》い――こもうとして、ため息とともに息を吐《は》き出《だ》した。

「ご主人、これは、料理以前の問題だよ。梅干しとウナギは食い合わせが悪いんじゃなかった？　単なる迷信《めいしん》かもしれないけど、そういうのを気にするお客だっているんだよ。なんで梅干しを食べている客に、ウナギの蒲焼きを出すのかな？」

（作　井口貴史）

スイッチ

涙《なみだ》が止まらない。足早《あしばや》に街を歩きながら、私は周囲など気にせず、泣いている。こんなこと、信じられない。突然《とつぜん》、彼が死んでしまったのだ。優《やさ》しかった彼。真面目《まじめ》で端正《たんせい》な顔。だけど、笑うと少年のようだった。

出会ったあの日のことは、今でも忘《わす》れられない。大学の入学式の朝、遅刻《ちこく》しそうになってあわてて正門《せいもん》前にたどりつくと、そこに彼がいた。

「あ、髪《かみ》に花びらが……」

彼はそう言って、私の頭に手を伸《の》ばした。私の髪にふわりと落ちてきた桜の花びらを、彼はそっと取ってくれた。恥《は》ずかしくて「ありがとう」も言えなかった私。彼は、私に微笑《ほほえ》みかけてくれた。穏《おだ》やかであたたかい笑顔。男の人を見て、かわいいと思ったのは初めてだった。

あのときを思い出すと、泣《な》き崩《くず》れてしまいそうだ。そして、ここで泣き崩れたら、もう二度と立ち上がれなくなってしまう。

せめて、この涙《なみだ》だけを止めるスイッチがあればいいのに……。

でも、私の意志とは裏腹《うらはら》に、涙はあふれてくる。彼が死んだばかりなんだから、家族や知人に連絡《れんらく》するとか、やるべきことはいっぱいあるはずなのに、私は病院を飛び出し、歩き続けている。まるで自分に罰《ばつ》を与《あた》えようとしているみたいに。歩き続けることが、この苦しみを忘れるただ一つの手段《しゅだん》であるかのように。

そうだ、今と同じように、彼を追って街中を走ったことがあったっけ。彼が小さな罪を告白し、私の前から消えようとしたときだ。純情《じゅんじょう》な彼は、誰《だれ》もが見過ごしてしまうような罪を、正直に私に話してくれたのだ。

「愛する人には、どんな小さな嘘《うそ》もつきたくないんだ」

泣きながら、そう話してくれた。そして彼は立ち去ろうとした。私は彼を追いかけた。

「二人でやり直せばいいじゃない！」

私は彼の背中《せなか》に叫《さけ》んだ。彼は立ち止まり、驚《おどろ》いたような顔をして、それから私を力いっぱい抱《だ》きしめてくれたっけ。あたたかくて広い胸《むね》だった。彼の鼓動《こどう》を感じて、子どもみたいに泣きじゃくったっけ。

あぁ、また涙があふれてくる。こんなに泣き続けていたら、体がまいってしまう。終わりにしなければ。


私は、視界《しかい》の隅《すみ》にある金色のスイッチを押《お》した。「涙だけを止めるスイッチ」はないが、「ストーリーの再生自体を止めるスイッチ」ならある。

「ママ、どうだった？　感動した？」

中学生の娘《むすめ》が聞いてくる。

「泣けはしたけど、ありがちなラブストーリーね。それに、この主人公って、困《こま》ったことがあると、歩いてばかり。行動の選択肢《せんたくし》が少なくて、途中《とちゅう》で飽《あ》きちゃった」

私は頭部につけていたプラグを抜《ぬ》き、プレーヤーから実体験版映画のディスクを取り出した。

今、映画というと、ほとんどが実体験版になっている。本当に主人公になった気分を味わえる点は評価できる。

娘は、私の手からプラグを取った。

「次はわたしにやらせてね。わたしは、他のストーリーを選択してみるんだ」

（作　千葉聡）

招《まね》き猫《ねこ》

ロンドン発・成田行きの国際線に、さやかは１人で乗っている。悔《くや》しくて悲しくて、今にも大声を上げて泣いてしまいそうだ。なぜなら、さやかは昨日、異国《いこく》の街《まち》で大失恋《だいしつれん》をしたばかりだから。

わずか１週間前。留学中の彼氏――もう元彼氏だが――と感動の再会を果たしたさやかは、ねだられるがまま準備してきたトランクいっぱいのお土産《みやげ》を、彼氏に渡《わた》した。

「はるばる来てくれたお礼に、さやかをイギリスじゅう案内してやりたいけど、俺は留学中の身だからお金がなくて」と言う彼氏に、「お金くらい、わたしが出すから、連れてって。わたしは、あなたとできるだけたくさんの想い出を作りたいの」と言うさやか。

そうしてさやかと彼氏は、イギリスじゅうとまではいかないが、イギリスの幾《いく》つかの観光名所を豪遊《ごうゆう》して、彼氏の暮《く》らすフラットに戻ってきた。

なのに、彼氏の部屋に女がいた。女は、さやかが彼氏の誕生日《たんじょうび》に贈《おく》った高級ブランドのスウェットを着ていた。さやかは、そのまま彼氏のフラットを飛び出して空港で夜を明かし、成田行きの飛行機に飛び乗った。


わたしは、財布《さいふ》がわりだったんだ。

実家の母親からの仕送《しおく》りくらいに思われてたんだ。

さやかの目から涙《なみだ》が一筋《ひとすじ》流れ出す。


「エクスキューズ・ミー」

誰《だれ》かの話しかける声にさやかは顔を上げる。隣《となり》の席の外国人の男の子だった。男の子はさやかに太陽のような笑顔を向け、自分の名と、自分がイギリス人だということを教えてくれた。

そして、手に持ったパンフレットを見せながら、話しかけてきた。

「わたし、この大学に通います。日本語、勉強します。東京、どこ住んだら、いいか？」

生返事《なまへんじ》を返したが、男の子は日本語に慣れておきたいのか、身を乗り出してさやかと話をしようとしてくる。しかし、男の子がまたなにか言いかけるのを、さやかは制《せい》した。

「リーブ・ミー・アローン（放っておいて）」

男の子がちょっと驚《おどろ》いたような顔をしたので、ロンドンでのことを簡単《かんたん》に話した。

「ごめんなさい。そういうわけで、昨日失恋したばかりなの。今は１人にしておいてほしいの」


ちょんちょん。肩《かた》をつつかれて、さやかは目を開けた。また隣のイギリス人だ。男の子は自分の読んでいる本をさやかに見せながら、なにやら興奮《こうふん》している。さやかは、あからさまに嫌《いや》な顔をしてみせながら、男の子が何度も指差すページを斜《なな》め読《よ》みする。左ページが英語、右ページが日本語のいわゆる対訳《たいやく》本。日本語ページのタイトルは「招《まね》き猫《ねこ》」となっている。金運《きんうん》の縁起物《えんぎもの》である「招き猫」について、日本語と英語で解説したページのようだが、「招き猫」について学んで、いつなんの役に立つというのだろう。

「これ、お守り。僕、プレゼントする？」

さやかはだんだん腹が立ってくる。

「招き猫なんて、死んでもいらない。お金を返してほしいんじゃないの。返してほしいのは、わたしの気持ちなの。もう１人にさせて‼」

　さやかは男の子に背中《せなか》を向けて、毛布《もうふ》をかぶって目を閉《と》じる。


「お客さま、お着きになりましたよ」

　キャビン・アテンダントに揺《ゆ》り起《お》こされて、さやかは目を覚ました。なんと、飛行機はすでに成田に着陸していた。機内には、もうほかのお客は誰もいない。あわててシートベルトを外《はず》して立ち上がる。

　トンッ、となにかが床《ゆか》に落ちた。『日本文化英訳事典』、あのイギリス人の男の子の本だ。拾い上げてみると、ページの間になにかが挟《はさ》まっている。そっと開いてみると、メモ用紙で折った紙の猫だ。左手を上げた招き猫。お腹《なか》のあたりには、「いい出会いがありますように」という意味の英語が走り書きされている。

　その紙の猫の形に、少し違和感《いわかん》を覚えて、さやかは、猫が挟《はさ》まれていた「招き猫」のページの解説を読む。

「通常、商売繁盛《はんじょう》の縁起物《えんぎもの》とされているが、厳密《げんみつ》には、右手を上げている招き猫は金運を招き、左手を上げている招き猫は人を招く」

もし、また会えたら、あのイギリス人にきちんと謝ろう。そしてお礼を言おう。「金運じゃなくて、わたしに、いい出会い運があるようにって祈《いの》ってくれたんだね。ありがとう」と。再会の可能性は決して高くはないけれど、ゼロではないだろう。だって、彼が留学すると言って見せてくれた大学のパンフレット。あれはわたしが通う大学のものだったから。

（作　ハルノユウキ）

天国耳《てんごくみみ》

「ばあちゃんの耳は天国耳《てんごくみみ》」

ばあちゃんはそう言って、自分の耳が、まだまだよく聞こえることを自慢《じまん》していました。地獄耳《じごくみみ》ならぬ天国耳とはねえ。でも、自分で言うだけあって、ばあちゃんの耳はなかなかのものでした。普通《ふつう》の人以上によく聞こえるのですから、わたしなどかえって迷惑《めいわく》なくらいです。いたずらをしようとすると、どこから聞いたのか、決まって、もののみごとに裏《うら》をかかれます。

実際によく聞こえるのはもちろんのこと、何か耳以上の働きをするようなのです。

ですから、幼《おさな》いころのわたしは、最大の愛すべき敵、ばあちゃんの不思議な耳を出《だ》し抜《ぬ》くことに懸命《けんめい》でした。

ある夜のこと、わたしは、家の者がみんな寝静《ねしず》まったころを見計《みはか》らって、そっと布団《ふとん》をはねのけ、むっくりと起き上がりました。曲《ま》がりなりにも自分の部屋を持っていましたから、少々の物音では気づかれません。まして、宿敵《しゅくてき》のばあちゃんは離《はな》れ屋《や》に寝《ね》ていましたから、大丈夫《だいじょうぶ》なはずです。遠くで、犬の鳴き声だけが聞こえます。

「いざ、西瓜畑《すいかばたけ》」

わたしはそう言うと、そろりと障子《しょうじ》をあけました。

息を殺し足音を忍《しの》ばせて、裏の畑へ出て行くと、外は美しい月夜です。手ごろな丸太《まるた》ん棒《ぼう》を手にすると、人影《ひとかげ》のないのをたしかめて、大きく熟《う》れた西瓜に飛《と》び掛《か》かりました。ポカッ、ポカッと快《こころよ》い音がして、真《ま》っ赤《か》な西瓜が爆《は》ぜて割《わ》れます。わたしは夢中になって手当たりしだいに飛《と》び掛《か》かりました。

細長い影が畑の畝《うね》に映《うつ》ったので、わたしははっとしてふり返りました。また、ばあちゃんです。ばあちゃんは、得意の民謡《みんよう》を口ずさみながら、わたしをじっと見下ろしていました。

学校で糸電話というのを習ったとき、「これだなっ」と思いました。きっと、わたしの部屋のどこかに、ばあちゃんの部屋に伝わる糸電話が隠《かく》されているにちがいない、と思ったわけです。

家に帰ると、さっそく部屋中をくまなく探《さが》しましたが、見つかりません。あきらめかけたころ、おかしな物を見つけました。柱の、ちょうどわたしの胸《むね》あたりのところに、不思議な形の節穴《ふしあな》があるのです。木目《もくめ》の寄り具合といい、形といい、耳そっくりの節穴があいているのです。机《つくえ》の陰《かげ》にありましたから、これまで見落としていたのでしょう。まさかとは思いましたよ。でも、見れば見るほど、それは耳に似《に》ています。もしかすると――と思い、ちり紙を丸めて、耳のような節穴に栓《せん》をしました。それは、ほんのちょっとした気まぐれな思いつきだったのです。

それがどうでしょう。

その日から、夜中の西瓜《すいか》割《わ》りやコウモリ撃《う》ちにばあちゃんは現れなくなりました。いたずらのし放題です。

「このごろ、耳が遠くなってね」

と、さすがのばあちゃんも寂《さび》しそうに愚痴《ぐち》をこぼすようになりました。

その年の秋のことです。

台風の影響《えいきょう》で大雨が降《ふ》り、近くの川が氾濫《はんらん》して、村の家々が水につかりました。わたしたち家族は、やっとの思いで近くの小学校に避難《ひなん》しました。もちろん、先に立って家族全員を連れて行ったのはばあちゃんです。わたしのところを含めて十世帯が、床《ゆか》に毛布を敷《し》き詰《つ》め、不安な目をしてからだを寄せ合っています。ばあちゃんひとりが明るい顔で立ち働いて、みんなを勇気づけています。敵ながら、あっぱれと言わなければなりません。

ばあちゃんの健気《けなげ》な姿《すがた》を追いかけているうちに、わたしは、ふと、気になることを思い出しました。こうしてはおれません。

わたしは、こっそりと小学校を出ると、傘《かさ》をさし、家に向かって駆《か》け出《だ》しました。もう雨は、それほどひどくはありませんが、ときおり吹《ふ》く強い風が激《はげ》しく頰《ほお》を叩《たた》きます。傘はすぐに逆《さか》さになり役に立ちません。傘を捨《す》て、タオルでほおかぶりをすると、なおも走りつづけました。土手が切れて濁流《だくりゅう》となり、わたしは何度も足を取られそうになりながら、なんとか家にたどり着き、中にはいることができました。もう、わたしの腰《こし》あたりまで浸水《しんすい》しています。あわてて机《つくえ》をよけると、耳の形をした節穴を指でふさぎました。

「ばあちゃんの耳を守るんだ」

わたしは肩《かた》で息をしながら、大きな声で叫《さけ》びました。

水かさは、どんどん増えてきます。ややもすると心細くなって、いまにも逃《に》げ出したくなります。流されてくる物がからだのあちこちにぶつかり、堪《こら》え切《き》れないほど痛《いた》いのですが、ここで泣いたらばあちゃんに笑われると思うと、不思議と力が湧《わ》いてくるのでした。

水かさはさらに増え、ついに肩《かた》までつかりました。手足が痺《しび》れ、もうだめかと思ったとき、徐々《じょじょ》に水が退《ひ》きはじめました。

「助かった、ついに、ばあちゃんの耳を守り抜《ぬ》いたぞ」

わたしは晴ればれとした気分で、家族のいる小学校にもどりました。

びしょ濡《ぬ》れで傷《きず》だらけのわたしに、ばあちゃんもみんなも、安心したような呆《あき》れたような顔でしたが、わたしは最高の気分だったのです。

もちろん、そんなことをしたなんて、一言も話したりはしませんでした。だいいち、信じちゃもらえないでしょうからね。


ばあちゃんは、亡《な》くなる間際《まぎわ》まで言っていましたよ。

「ばあちゃんは、まだまだ若いのさ。耳がよく聞こえるからね」

それを聞くたびに、わたしがどんなに喜んでいたかは、言うまでもありません。

あの耳の形をした節穴ですか。

ええ、もちろん、まだありますよ。いまでも、わたしの声が、ばあちゃんの耳に届《とど》いているにちがいありません。

だって、ばあちゃんの耳は、天国耳なのですからね。

（作 江坂遊）

- 桃戸ハル

東京都出身。三度の飯より二度寝が好き。著書に、『５秒後に意外な結末』ほか、『５分後に意外な結末』シリーズなど。

- usi

静岡県出身。書籍の装画を中心に、イラストレータとして活動。グラフィックデザインやWebデザインも行う。

5分後に意外な結末ex　エメラルドに輝く風景

2018年8月７日　　第１刷発行
2023年1月31日　　第10刷発行

編著	桃戸ハル
絵	usi
発行人	土屋 徹
編集人	芳賀靖彦
企画・編集	目黒哲也
発行所	株式会社Gakken 〒141-8416 東京都品川区西五反田2-11-8
印刷所	中央精版印刷株式会社
DTP	株式会社 四国写研

● お客様へ
【この本に関する各種お問い合わせ先】
○ 本の内容については下記サイトのお問い合わせフォームよりお願いします。
https://gakken-plus.co.jp/contact/
○ 在庫については TEL03-6431-1197(販売部直通)
○ 不良品(落丁・乱丁)については TEL0570-000577
学研業務センター　〒354-0045 埼玉県入間郡三芳町上富279-1
○ 上記以外のお問い合わせは TEL0570-056-710(学研グループ総合案内)

学研の書籍・雑誌についての新刊情報・詳細情報は、下記をご覧ください。
学研出版サイト https://hon.gakken.jp/